III 见识城邦

更新知识地图　拓展认知边界

众生相

盐野七生看电影

［日］盐野七生　著

田建国　周晓杰　田卫华　译

田建华　校译

中信出版集团 | 北京

图书在版编目（CIP）数据

众生相：盐野七生看电影 / (日) 盐野七生著；田建国，周晓杰，田卫华译. -- 北京：中信出版社，2021.7

ISBN 978-7-5217-3070-8

Ⅰ.①众… Ⅱ.①盐… ②田… ③周… ④田… Ⅲ.①随笔–作品集–日本–现代 Ⅳ.①I313.65

中国版本图书馆CIP数据核字(2021)第065100号

众生相：盐野七生看电影

著　　者：[日] 盐野七生
译　　者：田建国　周晓杰　田卫华
校　　译：田建华
出版发行：中信出版集团股份有限公司
（北京市朝阳区惠新东街甲4号富盛大厦2座　邮编　100029）
承 印 者：北京诚信伟业印刷有限公司

开　　本：880mm×1230mm　1/32　　印　　张：10　　字　　数：150千字
版　　次：2021年7月第1版　　印　　次：2021年7月第1次印刷
京权图字：01-2015-4240
书　　号：ISBN 978-7-5217-3070-8
定　　价：58.00元

谨以此书献给故去的父母，

是他们以电影鉴赏与

读书双管齐下培养了我。

目录 | CONTENTS

成人的纯爱

艾娃·加德纳去世了。

写成新闻报道的样子，大概是这样的：

“艾娃·加德纳，1922年生于北卡罗来纳州，后成为20世纪50年代好莱坞最美女明星之一。她有过三次婚史，最后一次嫁给了弗兰克·辛纳屈。此外她与意大利美男演员、西班牙斗牛士等，也有过轰轰烈烈的恋爱史。

“参演的主要作品有《演出船》（1951）、《乞力马扎罗的雪》（1952）、《红尘》（1953）、《赤足天使》（1954）、《太阳照样升起》（1957）、《风流女伯爵》（1959）、《海滨》（1959）、《北京55日》（1963）、《魂断梅耶林》（1969）、《夺命判官》（1972）。

“晚年独居伦敦。死于肺炎。享年67岁。”

看着电视新闻报道艾娃·加德纳的死讯，我想起了两部电影。

第一部是《西部人》（1940），导演是威廉·惠勒，主演为加里·库珀和沃尔特·布伦南，黑白片。

第二部是《夺命判官》（1972），导演是约翰·休斯敦，主演为保罗·纽曼，艾娃·加德纳则象征性出演，彩色片。

两部影片的共同之处在于，叙述的都是美国历史上确有其人的罗伊·比恩。话虽如此，第二部却不是第一部的复制品。作为描写罗伊·比恩的作品，第二部才是正统派的力作。

那么，罗伊·比恩又是怎样的一个人呢？长话短说，他是这么一个人物：自己本是违法乱纪之人，却不知从哪一天起谎称判官，手头总放着一本得克萨斯州的法律书，却根本不读，每对法律书宣誓一次，都会把不跟从自己的“犯法者”绑了砍头。通过这种方法，他在得克萨斯一带建立起了一种不可思议的秩序。

这么一个人物，大腕儿导演惠勒不能让“美国的良心”库珀去演，于是罗伊·比恩的角色就落到了沃尔特·布伦南身上，尽管我认为他并不适合这个角色。而库珀演的则是这个目无法纪的判官的朋友、最后与罗伊·比恩对决的角色。

但在休斯敦导演的电影作品中，这个无法无天的判官则由保罗·纽曼扮演，从这一点看，他是主角。在惠勒作品中，尽管罗伊·比恩是个反面角色，但却是一个要用“可爱”来形容的反面角色。而在休斯敦的作品中，则将这一点发挥到了极致。

把罗伊·比恩塑造成值得敬爱的反面角色，最大的原因就在于他献给莉莉小姐的那份专一的纯爱。

莉莉小姐是一名歌女，相当有名。欧洲巡演时在英国王子面前唱过歌，在美国只在大城市巡演，门票经常在预售时就会售罄，一时间成了国际明星。在休斯敦的《夺命判官》中甚至介绍了一个插曲：一个得克萨斯乡巴佬没有提前买票便穿着讲究地去碰运气，结果连剧场都进不去。

夺命判官既没有见过这名歌女，甚至连她的歌都没有听过，只是看到了海报上的照片，就迷上了她。

判官罗伊·比恩的法庭兼酒馆的所有墙面上都贴满了莉莉小姐的海报，凡是喝醉了酒侮辱了她（照片）的男人，他都会当场拿手枪“啪”地给他一下。法庭兼酒馆的名字也叫莉莉小姐。恶汉出身的县官们宣誓时，誓词开头也是“以法律和莉莉小姐的名义……”判官罗伊·比恩“治安”

所及的周边也叫莉莉小姐州。

休斯敦的电影里一出现用来装饰这个夺命判官法庭的莉莉小姐的海报，观看电影的观众肯定都会不由自主地放松下来，因为每张海报上的艾娃·加德纳都是颜值巅峰面容。

她的美貌是毋庸置疑的，以至于让人觉得绝世佳人非她莫属。身体线条高贵而优雅，毫无低级趣味，细长的眼睛充满了挑逗的野性。

如果是那种随处可见的美女或惹人怜爱类型的女人，判官罗伊·比恩爱的理由就会被削弱。有了艾娃·加德纳，这部电影便活了。惠勒《西部人》中的莉莉小姐虽然也是美女，但不是绝世佳人。不过在这部片子里罗伊·比恩是配角，只好这样处理了。

尽管如此，惠勒还是把这种乍看上去很滑稽的纯爱描写得很温馨。正义之人库珀打败了夺命判官，但为了让罗伊·比恩见到莉莉小姐，他抱着布伦南扮演的濒死的罗伊·比恩，去了莉莉小姐的乐坊。可爱的反面角色终于见到了最爱的女人，死前享受到了满满的幸福。

约翰·休斯敦可没有让他们见面。然而，就在罗伊·比恩死后不久，莉莉小姐偶然来到了已改名为莉莉小姐博物馆的曾经的法庭兼酒馆。这时艾娃·加德纳才终于出场。绝代佳人也斗不过岁月。体重增加了几许，她开始平静地老去，说不定歌手生涯也已经走下坡路。而这次，可能是她在巡演的途中。

贴满墙面的海报如今已然褪色，但海报上的自己却也让她惊讶。判官从未收到过回信，却一直坚持给她写信，所以，只要想得起来，坚持给她写信就不是什么新鲜事。她会在心里想，原来那个奇怪的粉丝就是这个人！

然而，当判官唯一一封没有寄出的信递到她手上，她开始阅读时，表情起了变化。

亲爱的莉莉小姐：

为了写这最后一封信，我提起了笔。

我连您的面都没有见过，声音也没有听过。但是，我想告诉您，您永远在我的心里。唯有世上有您这件事，给了我成为一个绅士的力量，让我自豪。海报上的您，驱散了多少漫长而孤独黑夜中的寒冷啊！

对我来说，把爱献给了您，就叫作光荣。不得不告别的时刻已经来临，我相信，在另一个世界里您发出的光芒也会指引我，就像在这个世界里一样。我祈愿无论身在何处，永远都是您热烈的赞美者和守护者……

判官罗伊·比恩

休斯敦的《夺命判官》的剧终是一个特写镜头：莉莉小姐读完信后，表情变得与读信之前完全不同，充满了温柔的心意，非常幸福。先不说为罗伊·比恩的纯爱所感动，对我而言，只能认为这是约翰·休斯敦导演对女演员艾娃·加德纳的敬意。

诗人里尔克[1]说过，被男人发自内心地爱过的女人一生不会因孤独而痛苦。也许，发自内心地爱过女人的男人也是一样的。

1 莱内·马利亚·里尔克（Rainer Maria Rilke, 1875—1926），奥地利诗人。他的诗歌拓展了诗歌的艺术表现领域，具有很高的艺术造诣，对欧洲现代诗歌的发展产生了巨大的影响。——译者注（下同）

月光皎洁的夜晚

欧洲有一个传说，说皎洁的满月会迷惑人心。在北欧，男人会在满月的夜里变成狼。在南欧，月亮会在万里无云的夜空君临天下，而沐浴着月光的女人会变得敢做出平时不敢做的事情。

关于满月对北欧女人的影响，我听漏了一些内容。究竟是女人会变成化作野兽的男人的牺牲品呢，还是像一部英国电影所描绘的那样，一反男人的本意，对每当满月之夜来临时就会变成狼的男人起点作用，让人性在他们身上复苏呢？

但是在南欧，男人不会做出让处于幻觉状态的女人恢复理智的努力。女人沐浴着月光变得不再是平时的自己，男人也陪着她们一起变，这才是南欧式的月夜故事。也许男人心里在想：这有什么呢?！满月又不会永恒不变，第二天就会开始亏缺，女人的幻觉状态也会随之淡化，就算是满月那夜陪女人做做梦，又会怎样?

而且，化身为狼的男人不见点儿血是不会罢休的，但一点儿都不用害怕被迷幻了的女人会这样。两者给周围带来的麻烦程度天差地别。这也许就是在南欧，凡事都会变得温柔而有人情味的缘故吧。

这样的现象不光属于旧大陆，也会发生在新大陆。我想，这就是《月色撩人》(*Moonstruck*)想要表达的意境。

这部电影的创作者以及制片人、导演和编剧，在描述因皎洁月光而精神失常的人时，没有选择化身为狼而向高层建筑峡谷中升起的月亮狂嗥的男人，却选择了变得有点不再是平时的自己的女人。影片的主人公是住在纽约平民区的一位意大利裔美国人。

洛丽塔当寡妇，年龄还不太相称。但她也到了乌黑长发夹杂白发的年龄，拔白头发的速度已经赶不上长白头发的速度了。她没有子女，与双亲同住，生活没有着落，与殷实相去甚远。

不过，她却有着意大利人式的心智。考虑到自己老后的生活，跟青梅竹马、心地善良的朋友约翰尼再婚才是上策。跟约翰尼谈论此事的时候，洛丽塔的眼睛里毫无神采，这便是她很有心机的最好证明。

可是，约翰尼刚刚与她订婚就要去意大利的西西里，他要在老母亲临终时守在床前，洛丽塔则留了下来。临行时约翰尼让洛丽塔邀请长久未通音信的约翰尼的弟弟前来参加他们的婚礼。

洛丽塔没辙，只好去见未婚夫的弟弟罗尼。罗尼是一位面包师，比洛丽塔年轻。而最要命的是，这个年轻人身上保留着非常意大利式的地方，比哥哥约翰尼和其他任何人更甚。而且，最糟糕的是那天晚上还是满月。

放在平时不可能发生的事情，在他们二人的身上发生了。一切都怪那毫不吝啬地让他们沐浴到月光的满月。洛丽塔内心理智尚存，当场就反悔了。她告诉那男人，以后不能再有这种关系。意思是说，就当今晚的事情没有发生过。

但男人求她，至少陪他看一场他喜欢的歌剧。女人可能觉得，这点事情还是可以的，便答应了他。不过，为了这个约会，她在美容院除去了白发，买了凸显身体曲线的连衣裙，还请人把自己打扮得漂漂亮亮的。

在约见地点大都会歌剧院门前见到女人的变化，男人瞪大了眼睛，说道：“谢谢你为我打扮得这么漂亮！”

男人能够成功捕获女人所使用的武器，不是面貌，不是教育程度，更不是社会地位和经济实力，仅仅是使用语言而已。这样想的人肯定不止我一个。

如果这对男女的关系不深，男人顶多会说一句“今晚你很美”之类的话。然而，“谢谢你为我打扮得这么漂亮！”这真是一句“可恶”的台词，只能用在关系很深的男女之间，而且只能用在这种关系刚刚开始的时候。为什么呢？因为男人已经有五成把握确信，女人打扮是为了他。不过他也知道，剩下的五成要看今后的进展。我觉得加上“谢谢”，就反映出了男人内心在这方面的不安。不管男女，含有几分忐忑不安的台词总是美的，而且诉诸对方的力量也总是强的。难道不是吗？

让剩下的五成成功发挥出效果的是普契尼作曲的《波希米亚人》那甜美奔放的旋律。男人是这样，女人则更强烈地被《波希米亚人》的咏叹调所迷倒。如果那天晚上大都会上演的是爱国的《埃尔纳尼》和窥探人类内心的《麦克白》，大概事情不会发展得如此之好。这是一个男女之间的悲恋故事。洛丽塔眼里噙着泪水，情不自禁地把自己的手放到了男人伸过来的手中。语言已经不再重要。深深的关系重新开启，皎洁的月光照进了心灵的褶皱。

然而，就在崭新的人生即将开始的第二天早晨，影片的导演和编剧就用令人瞠目的手法把我们拉回了现实。

他们让才华横溢甚至说出那么浪漫而“可恶”台词的罗尼的形象发生了巨大的变化，就好比从晚礼服一下子变成了汗衫。

罗尼跑进洛丽塔家的厨房，当着洛丽塔家人的面向她求婚，并得到了肯定的答复。瞬间，他的行为举止变得跟一年前就是这个家庭的一员一样。这时罗尼不再是一个夹杂着勇猛、不安、羞怯的男人，变成了一个沉稳的丈夫，脸皮甚至有点厚。

洛丽塔是一个平凡的世俗女人，既然终身伴侣已经有了保障，也许就够了。想想罗尼是个面包师，汗衫形象更现实。而且，皎洁的满月之夜不会经常光顾，乌云遮月的夜晚也是有的。

不过我觉得，女人有时是需要被迷幻一下的。至少在那偶尔光顾的月光皎洁的夜晚……

明星

母亲说：艾娃·加德纳去世的时候你撰文表达了敬意，可葛丽泰·嘉宝去世了，你却什么都不写，这不妥。母亲这个强硬的抗议让我觉得我该写。

话虽如此，用一篇文章写尽电影演员嘉宝，这太难了。她演任何人都是嘉宝。

可是，明星是什么？我想，考察一下也不失为一种乐趣。

有一部电影叫《嘉宝说：梦的后续还是梦……》，这是日语片名翻译过来的叫法。原作片名是*Garbo Talks*[1]，这是1984年上映的美国电影，导演是西德尼·吕

1　中文译名是《嘉宝对话》或《我爱嘉宝》。

美特，所以成色差不了。

再说内容。安妮·班克罗夫特饰演的有点儿作的母亲得了不治之症，被宣告时日不多。但她没有演成悲情剧，她说死之前想见自己所景仰的葛丽泰·嘉宝，哪怕一次也行。

她有个儿子，很爱母亲，但因母亲太作，所以有点儿拿她没办法。尽管如此，母亲在这时提出的愿望，他却不能弃之不顾。于是他放弃工作，和恋人出门去寻找息影已久的传奇女演员葛丽泰·嘉宝。

可嘉宝戒备之心很强，总在他们就要得手时逃脱。要是当场就答应这种俗气说辞去探视病人,那就不是嘉宝了。无奈，寻找嘉宝之路就是一条艰难的路。

然而儿子没有放弃。一开始，这次奇妙的旅程只是想帮时日不多的母亲达成心愿，但在不断坚持中，这个心愿变成了母亲和儿子的共同愿望。这一点很是有趣。过气大明星变得不再过气。影片到了这里，也映出了嘉宝的背影。

这部影片的结局正如所有人所料到的那样。儿子终于得到机会与传说中的大明星相见，息影后绝对不现身人前的嘉宝被他热情洋溢的心愿折服，造访了其母亲的病房。

这里影片也没有让观众看清嘉宝的样子。摄影机只拍了嘉宝坐在那位母亲病榻旁椅子上的背影。即使正面拍摄，也巧妙地隐去了面部。由于不是嘉宝本人出演，这样拍摄也是无奈，但拍摄技巧了得，令人佩服。摄影机的特写镜头是安妮·班克罗夫特出色扮演的母亲，见到自己崇拜的明星，说话时眼睛里放出了光芒。影片结束时的特写镜头，是儿子在整理母亲幸福离世后的遗物。

葛丽泰·嘉宝家喻户晓，但她不是美国人。她 1905 年生于瑞典，后来到美国，成为“从默片末期开始红透整个 20 世纪 30 年代的好莱坞传奇明星”。她一世独身，主要作品有《肉体与魔鬼》(1927)、《魔女玛塔》(1932)、《大饭店》(1932)、《瑞典女王》(1933)、《安娜·卡列尼娜》(1935)、《茶花女》(1937)、《妮诺契卡》(1939)、《双面女人》(1941)等。1941 年她便息影了，年方 36 岁。当时正值其演艺生涯的鼎盛时期，甚至有“神圣嘉宝帝国”的说法。这是我从母亲那里听说的。

说到嘉宝，就不能不想起同样生于欧洲，而到美国后大放异彩，整个 20 世纪 30 年代都与嘉宝平分秋色的女演员玛琳·黛德丽。她生于德国。

有趣的是，与她们同时代的具有代表性的男演员克拉克·盖博和加里·库珀却都是美国人。莫非20世纪30年代的美国人认为，女人具有欧洲的优雅，男人具有美国的精神是理想的形象？

说起20世纪30年代的美国，好不容易从大萧条的巨大考验中一步步挣脱出来，国家也开始有了点儿自信，但还不够扎实。盖博我不太了解，但库珀的西服则全是在伦敦萨维尔街[1]定制的。这很有象征意义。精神是美国的，却想用英国的外表来包裹。而女人，则从里到外都还是欧洲的……

在美国，管银幕上的主人公叫明星，在日本也这么叫。但在意大利，名词有阳性或阴性的词尾变化，要叫“divo”或“diva”，直译过来就是“神一样的人”。死后被神化了的尤利乌斯·恺撒是Divo Caesar，翻译成日语就是“天王恺撒”。说嘉宝是夜空中闪耀的明星挺好，说是天后嘉宝也不赖。

---

1 萨维尔街（Savile Row），又名裁缝街，是伦敦西区的一条街。从19世纪初开始，这里聚集并培养出许多世界顶尖裁缝师，逐渐被打造成高端男装圣地。

不过，如果是星还好，要是变成了神一样的存在，那说什么也要有个头儿。嘉宝和黛德丽都是北欧人种，个子很高。不管是星还是神，被粉丝簇拥着就会掩埋其中，难免尴尬。

装腔作势的文化人总是把"明星都是假象"这句话挂在嘴上，热衷于揭开明星的面纱显示其真实面目，说他们或她们的真实模样是如此这般。葛丽泰·嘉宝也是，为了坚守人造假象而牺牲了真实的模样。

但我认为，这帮人的努力是徒劳的，因为对制造假象的一方来说，真实与虚构没有区别。

就看嘉宝，真实情况是出生于瑞典，原是百货公司售货女郎，身材高挑，是个绝对的美女（尤其是容貌），但服装品位不太好（因此演古装剧要棒得多），行为举止也完全谈不上优雅，往好里说顶多就是典雅。

一辈子单身的原因在我等看来也就是喜好和运气的问题。但她的假象却很伟大。正如《嘉宝对话》所描述的那样，她所拥有的力量甚至可以让一个人的死亡变得甜美。

如此看来，真实不过是一个人与生俱来的东西，而假象则不能不说是一个人才华、努力和运气的结晶。如果这个人是一个创造者，假象就是他的作品。

如果是我，恐怕不会想着要见梦中明星，而会看上好多遍他创作的“作品”。

只有“虚”能够超越“实”，只有伟大的“虚”可以超越现实而永生。

战时领袖

克劳塞维茨说过，战争是政治的另一种形态。我完全赞成。正因为是另一种形态，才会有不同之处。那就是，政治不会直接见血，而战争不见血就打不下去。

哪怕是完胜的榜样亚历山大大帝打的仗，大帝一方也不是零牺牲。就算不到百分之一，希腊士兵还是有战死的。战场上也许遍地都是敌方波斯兵的尸体，但希腊兵的尸体肯定也会夹杂其中。战斗结束后，年轻武将看到了一字排开的 300 具部下尸体。如果是我，又会如何描写他呢？如果把他描写成因压倒性胜利而满面喜色，那他就会成为一个纯粹的战争贩子。但若只写他为部下的死而落泪，又体现不出他被推为古今东西顶级武将之一的厉害劲儿。沾满血的人，靠简单技法是写不成的。

"你们一定要铭记，没有人是靠着为国牺牲而赢得战争的。赢得战争就是要让对方的可怜虫为国捐躯。"

这是影片《巴顿将军》（*Patton*）开场镜头中巴顿将军演讲的一部分。作为战术家巴顿很优秀，但说到心理洞察力他却乏善可陈,所以才认真地跟手下将士讲了这番话。但我觉得，这番话与其说适合敌方，不如说更加适合己方。因为所谓的优秀将领，都是能够做到让士兵心念祖国并为之赴死的人。也许换句话说也成：不用让士兵心念祖国也能做到让他们赴死。

所以人们会说"战争是恶"，这谁都能参透。做出努力不诉诸战争，这就是政治。另一方面，所谓军事，就是既然不得已而进入战争，那就要做出努力，尽可能减少牺牲，达到目的——赢得战斗。最好是少牺牲，但如果牺牲很多却达到了赢得战斗的目的，那睁一只眼闭一只眼恐怕也是迫不得已的事情。不过政治却不允许人类睁一只眼闭一只眼。

如果说这就是战争的现实，那么如何让部下甘愿赴死，也就成了战时领袖面临的重要挑战之一。难道不是吗？

一旦当上巴顿这样的三星或四星将军，总会卷入纠缠不清的政治战略中。但我觉得，如果只考虑战场上的团级指挥官上校、排级尉官、中士，他们跟士兵们的关系会更加直接。唯其如此，这种关系才是最为重要的。

用这个观点判断，影片《野战排》描述的巴恩斯和伊莱亚斯两个中士都有致命的缺陷。

巴恩斯太无人性。这种类型可能适合在战场上生存下去，但却冷酷无情。手下士兵不幸倒下，就会无助地死去。战时领袖会有对自己人和敌人都要冷酷的要求，但士兵也是人。没有人会跟随冷酷的机器人。

而伊莱亚斯又太有人性。他也许是一个天生的无微不至的暖男，但却有太多的疏漏。一个人进入越共的地下密室搜查，大意而鲁莽。在跟随他的士兵眼中，他绝对不是一个可以放心托命的领兵人。

他们二人都是中士，是下级军官，也属无奈。如果是一个排，指挥官就是中士。指挥光靠勇敢是不行的，还要求有做人的基础——常识。

影片《野战排》成为悲剧的原因之一，我想，就在于那个排的中士尽管大学毕业，但还不具备生存的技巧和常识。

优秀的创作者绝对不会将一个人描述成非黑即白。因为人一般都是相互矛盾的两个面的结合体，只有把这种两面性描述透彻才能创作好人物。

巴顿乍看上去是个一根筋的人,但经编剧弗朗西斯·福特·科波拉之手后，也不能不让人想到他的复杂处境。就连生活在美国幸福时代的巴顿都被写成了这样，那么同一个编剧科波拉又会怎样描写美国的不幸时代呢？他的成果就是《现代启示录》。依我看，这部电影是越战影片之最。

这部影片描述了两位战时领袖。关于马龙·白兰度扮演的科茨上校，影片在日本公映时立花隆氏写过热情洋溢的介绍文章，我想那已经足够了。不过换我写的话，我会把科茨写成一个不够格的战时领袖。他富于人性的烦恼可以理解，但凭这些，他的部下是不会幸福赴死的。

影片里还有一个上校被立花先生忽视了。罗伯特·杜瓦尔饰演的这个指挥官乍看上去就是一根筋，是一个满脑子只有执行命令的领袖。

他头上戴的既不是军帽，也不是钢盔，而是西部影片中常见的那种骑兵队长戴的大檐帽，好似这支直升机部队莫名其妙成了一支旧时的骑兵队。

直升机部队出动时，为其送行的也是骑兵队派头十足的小号声。而且，出击过程中的音乐居然是瓦格纳的《女武神》，比约翰·福特的西部片更让人心潮澎湃。心潮澎湃的士兵们攻击的是越共，不管他们是战斗员还是非战斗员。四处逃散的亚洲人，看上去甚至像印第安人一般。

这个上校在战场上什么事都让士兵们做，包括弥撒。听说团里有一个冲浪冠军，他居然在杀人高潮时让那人去冲浪。中士抗议说这太过分了，他却这样回答道："能安全地冲浪，士兵们就能安全地打仗。"

夜幕降临，上校亲自手拿吉他开露天派对，让所有官兵享乐。一群面对死亡而活着的战士，却常在他的身边发出欢笑声。

但他不是一个好战的狂人，他从未忘记关心和营救负伤的部下。他明确地说："这场战争总有一天会结束。"他想说的，似乎就是战争结束前，他既要努力保护部下的身心健康，又要完成自己的任务。

我觉得，与平时的领袖相比，战时的领袖更要是一个表演高手。哪怕这种表演是伪善也无妨。在随时面对死亡的状态下，很多时候"伪"会变得不再"伪"。因为那是一个不允许喊"停机"重来一遍的世界。

爱情无计

男女关系是一对一的。自亚当和夏娃开始，基督教就一直视此为神圣不可侵犯，结果形成了一种彻底固化的形式。

但是，女人同时爱上两个男人也是可能的。而这两个男人同时爱上了这个女人又会怎样？再假如这两个男人还是亲密无间的好友……

如果是在《古事记》[1]和《日本书纪》[2]的时代，这场

1 《古事记》三卷成书于公元712年，记日本开天辟地至推古天皇间的传说与史事，是日本现存最古的史书，也是神道教的重要经典之一。

2 《日本书纪》三十卷成书于公元720年，仿中国正史本纪体，记日本开天辟地至持统天皇间的传说与史事，是日本现存最早的官修国史，并为神道教重要典籍。

爱情会以女人自杀而告终。发生这种事情，还是得女人退出或去死。

1933年上映的美国影片中有一部叫《爱情无计》（日语片名译为《生活设计》）。原作由编剧诺埃尔·考沃德创作，导演由我最喜欢的恩斯特·刘别谦担任。刘别谦是比利·怀尔德的老师，在日本以影片《妮诺契卡》而闻名。女主角由米利亚姆·霍普金斯扮演，男主角由弗雷德里克·马奇和加里·库珀扮演。

这里，我们不可以去联想《黄金时代》和《危急时刻》中的弗雷德里克·马奇，以及《正午》和《四海一家》中的加里·库珀。那是多年以后的他们，体现出了男人厚重的存在感，精彩纷呈。但他们也有过梦想着实现野心，以及意气风发、充满不安的年轻时代。在这部影片中，他俩都充满了三十啷当岁的稚嫩和不靠谱。

20世纪30年代的巴黎似乎聚集了一批波希米亚裔美国人，立志成为剧作家的汤姆（弗雷德里克·马奇饰）、立志成为画家的乔治（加里·库珀饰）都是怀揣明日荣光的梦想在巴黎修业的艺术家苗子。当然，他们二人虽然都很穷，但却毫无嬉皮士做派。20世纪30年代是个好时代，就算是贫穷的艺术家苗子，也都不会忘记穿戴西装礼帽的打扮讲究。故事就在他们二人结束了一次短暂旅行后回巴黎的火车的三等车厢里开始了。

车厢里，二人贪婪地午睡。途中年轻的姑娘吉尔达（米利亚姆·霍普金斯饰）上了车。一会儿汤姆和乔治便一觉醒来。他俩与吉尔达是同龄人，又在异国邂逅，很快成了亲密朋友。吉尔达对二人作品的批评非常尖锐，但说在了点子上，二人只得接受。三个人成了意气相投的伙伴。

然而回到巴黎后，两个男人同甘共苦 11 载的挚友关系，因吉尔达的出现变得岌岌可危，因为他们都爱上了她。而且糟糕的是吉尔达也同时喜欢上了汤姆和乔治二人。让她选择任何一方，她都无法抉择。

立志当剧作家的汤姆很考究，有一种都市风格。他个头中等，相貌谈不上俊美，但却富于机智，就是一个剧作家。

立志当画家的乔治身材修长，容貌俊美，热情奔放，但朴素依旧，乡下人的形象尚存。说起来，这个年轻人就是性情中人。

如果这时吉尔达自己退出……的话，那就会是一场普普通通的情节剧。但是吉尔达非但没有退出，反而提出了两男一女共同生活的建议。即便不是在 20 世纪 30 年代，这也够激进和开放的。

吉尔达说自己要辞掉工作，为他们二人实现梦想尽力。但有个条件，不发生性关系。

汤姆和乔治虽然无奈，但也同意了。三人在巴黎的一间阁楼里开始了共同生活。

吉尔达每天都很繁忙。除了扫除、做饭这些家务以外，她还兼任批评家，对两个男人的作品提出坦率而真心的批评。单纯的批评者多如牛毛，但提出建设性批评的人却凤毛麟角。吉尔达待他们如亲人，在他们情绪低落的时候会鼓励他们，在他们翘尾巴的时候会挫挫他们的傲气。她很用心地进行批评，对他们成为创作家起到了真正的作用。

不仅如此，她还主动帮他们销售作品。既要把作品卖出去又不能降低作者的品格，这可不是任何人都能做到的。但她很聪慧，加上爱情的魔力，她做得很出色。

成果首先体现在了汤姆的身上。汤姆写的作品即将在伦敦上演。乔治也发自内心地为挚友的好运感到开心。但排练需要汤姆在场，他得在伦敦待一段时间。汤姆因不愿意离开吉尔达而犹豫不决。吉尔达则劝他去伦敦，说这对他才是上策。

送汤姆去车站后回到阁楼，只剩二人。乔治因挚友的好运而深受鼓舞，忘记了自己所处的现实，而这个现实现在摆在了自己的眼前。

乔治对吉尔达说："我今天的心情不适合跟你在一起，你去看看电影，或者去住旅馆吧。"

吉尔达意识到，今天晚上即使用千言万语激励乔治也将毫无意义。这种时候，只能用肉体去温暖他。而且如果男人也从内心深处希望这样的话……

汤姆成了伦敦剧坛的宠儿，兴奋无比。这天，他收到了乔治和吉尔达的来信。按捺不住相思之苦的汤姆，只能给二人写去祝福的信。

因长期上演、连日满座而踌躇满志的汤姆偶然得知了乔治成功的消息：美术馆购买了乔治的作品，乔治还作为肖像画家收到很多邀请。汤姆决心探望一下二人。如果乔治尚未出人头地，他可能会犹豫，但现在他已经没有这个担心了。他造访了乔治的高级公寓，但乔治外出工作不在家，只有吉尔达在。

男女之间该发生的事情发生了。肯定有人会问为什么，但我却认为，吉尔达是想把一切都平等地分享给自己所爱的两个男人。

然而，本该两天后回家的乔治提前回家了。乔治不可能注意不到。吉尔达被逼二选一，她决心就此退出，与不但不恨她反而一直思念她的实业家结婚，去了纽约。

可是，财富无忧、地位优越却没有激情的无聊生活，吉尔达无法适应。最终她疯了。这时，乔治和汤姆二人又出现了。吉尔达再次认识到，三个人是相互需要的。为了再次回到三个人的生活中去，她抛弃了财富和地位，跟二人出走了。在出租车里，吉尔达对二人说道：“可要遵守当初的约定哦！”

两个男人同意了，互相发誓。电影到此结束。

凡看了这部电影的人肯定都会想：守得住吗？毕竟一次都没有发生过的话那是男女朋友关系，但凡有过一次，最终就会变成男女关系。

让我说啊，就这样吧！三个人都不是小孩子了，等快到一个人也有足够存在感的年龄，就像《危急时刻》和《正午》中那样的时候，选择其中一人不就得了！

厌倦人类

我认为，达斯汀·霍夫曼、杰克·尼科尔森、罗伯特·德尼罗三个人毁了美国电影。借《PIA 电影俱乐部》杂志（1990）的介绍，这三个人的情况如下。

达斯汀·霍夫曼，1937 年生于洛杉矶。凭借 1988 年的《雨人》第二次获得奥斯卡金像奖最佳男主角奖，无可争议地成为巨星。主要作品有《毕业生》（1967）、《午夜牛郎》（1969）、《小人物》（1970）、《稻草狗》（1971）、《巴比龙》（1973）、《克莱默夫妇》（1979，奥斯卡金像奖最佳男主角奖）、《杜丝先生》（1983）、《家族生意》（1989）。

杰克·尼科尔森，1937 年生于新泽西。在 1969 年上映的《逍遥骑士》中崭露头角，凭借《飞越疯人院》获得奥斯卡金像奖最佳男主角奖，凭借《母女情深》获奥斯卡金像奖最佳男配角奖。主要作品有《猎爱的人》（1971）、《唐人街》（1974）、《邮差总按两次铃》（1981）、《普利兹家族的荣誉》（1985）、《心火》（1987）、《蝙蝠侠》（1989）。

罗伯特·德尼罗，1943年生于纽约，是现代美国电影界具有代表性的演技派明星。主要作品有《教父II》（1974）、《出租车司机》（1976）、《猎鹿人》（1978）、《愤怒的公牛》（1980，获奥斯卡金像奖最佳男主角奖）、《美国往事》（1984）、《信是有缘》（1984）、《教会》（1986）、《午夜狂奔》（1988）。

哎呀，光罗列这三个人的作品就够累人的了。从作品的成色看，与我同时代的这三人，已经各自留下了两三部垂名电影史的作品了。

达斯汀·霍夫曼有《午夜牛郎》和《雨人》；杰克·尼科尔森有《飞越疯人院》和《邮差总按两次铃》；罗伯特·德尼罗有《出租车司机》和《愤怒的公牛》。这三人在这些作品中的演技可谓出神入化，卓越非凡。

那为什么还要说这三位代表当今美国电影界的演技派巨星毁了美国电影呢？原因，我想，就在于他们出神入化、精妙绝伦的演技。如果演的是配角，一切还好说，但他们是主角，根本无从招架。

过去，像他们这样的演技高超的演员都会被安排去强化配角。那时，即使演技高超、电影评论家们评价巨好的演员，也当不了明星。可是现在，已经是“演技高超的演员 = 明星”的时代了。那结果又如何呢？

我的情况是，开始憎恨起人类世界来了。他们用过于高超的技巧把人类世界出色地展现在了我面前，让我产生了一种强加于我的感觉，使我对这些演技展现出来的人类社会现实产生了这样的心境：知道了啦！够了……

也许有人会说，这不是逃避现实吗？但是，人类社会的现实真的就是这三个人用精妙演技描绘给我们看的那种东西吗？

首先，创作这种行为没有夸张不能成立。我想，但凡搞过创作的人都会赞同这一点。

因为只有靠夸张才能突出形象，加深印象。但夸张必须是“一点点”的，夸张过头就会脱离现实，无法魅倒人们。抓不住人们的心灵，信息是绝对传递不过去的。

这类添加味道的方式，古人叫作“虚实皮膜间”[1]。不让观众扫兴的夸张是创作所不可或缺的。换句话说，夸张就是一种虚假，它也许不是真实的现实，但即使它是真实的现实，也绝对不会让人感到荒诞。这三个人的演技完美地体现了这种“真实”。正因为如此，从结果上看，事情对他们来说恐怕会越发地事与愿违了。他们不但没有让人们感受到人的存在多么令人爱恋，反而助长了对人的疏远感觉。因为夸张已经不再是夸张，而被感受为现实本身了。

如此还算好，毕竟他们三人具有留心虚实皮膜间并付诸行动的才华。但倘若变成被他们的成功所迷惑的二流人等，那可就不行了。瞄着奥斯卡金像奖可以，但不演瘾君子、残疾人、妓女、被强奸的女人就拿不到相关奖项，这样的现状委实让电影爱好者叹息之至。虚实皮膜间，真乃至理名言。正因为是至理名言，才不是任谁都能做到的。不做作的表演要比做作的表演难得多。

1　日本江户时代戏剧家近松门左卫门（1653—1724）提出的一种艺术美学理论，认为艺术位于实与虚（生活真实与艺术虚构）的皮膜之间。艺术是虚构，但又不是完全的虚构；艺术是真实，但又不是完全的真实。艺术享受产生于真实与虚构两者的“皮膜”之间。

要是有人问我：既然如此，那虚实皮膜间的达人达斯汀·霍夫曼、杰克·尼科尔森、罗伯特·德尼罗出演的电影，不管是什么，你都会去看吗？我的回答恐怕是“No”。

不是成色相当好的影片，我是不会专程跑去电影院的。如果电视播出，我会用录像机录下来，不过即使保存了下来，也不会反复看上两三遍。

因为我想躲避，怕有人把有一点点夸张的人生现实强加给我，让我变得厌倦人类。当然，原因不止这一个。我还认为，人生是不可以强加于人的。

芥川龙之介说过：“人生就像火柴盒，不用小心翼翼对待它，但如果粗暴待它，就会把你烧伤。”

不管是谁，我们都是带着某种尴尬活着的。我们常常会把这些尴尬当作人生大事。如果当作自己的人生大事，那还算好。但我们往往喜欢让别人也把我们的尴尬当作他的尴尬，当作所有人共同的大问题。

之所以会有很多人为达斯汀·霍夫曼、杰克·尼科尔森和罗伯特·德尼罗鼓掌喝彩，我想不就是因为这种强加主义吗？在芥川龙之介的话里可以看到一种对平和讽刺和大声声张的羞赧。而他们三人正是那些与此无缘的人的代言人。

美国变了。20 世纪 60 年代到 20 世纪 80 年代的美国已经失去了那种 20 世纪 30 年代到 20 世纪 40 年代前半还能见到的，只有心灵没有扭曲的人才会有的胸怀开阔的自信。

说到可与这三位一较高下的女演员代表，我想该是梅丽尔·斯特里普。可是我非常讨厌她。我甚至想对她说：不要总做一副集人生苦恼于一身的表情！那叫倨傲！

男女友情

坐在飞机里的我，化作了一种最不具生产力的存在。我在飞机上从未写过一次稿子,甚至没有进行过一次推敲。我总是一边拿酒杯啜着免费香槟，一边漫无目的地翻翻杂志，读读侦探小说，对平时爱听的古典音乐敬而远之，让耳朵徜徉在滚石或弗兰克・辛纳屈里。如果是电影，除了寅次郎系列以外，我什么都看。

像这样把自己变得不具生产力后，心情也变得非常平和，以至臻于悟境：哪怕飞机掉下来，也只能随它去了。观看《恋人的预感》时也是这种心境，所以评价也应该是宽容的……

当我逗留日本时，这部电影也在东京上映了。一位亲近的编辑邀我观看，但我一听《恋人的预感》这个片名就忍俊不禁，说：“这片名，什么呀？！”

那位编辑苦笑着答道：“听说是探索没有性爱的男女爱情是否也能成立这个主题的……”

我笑出了声。虽然我嘴上没说，但心里却在嘀咕：“我也做了很多无用功，唯独没有去做探索没有性爱的男女爱情是否也能成立这个主题的无用功。”

因为是数日后的“重逢”，我的心情很好，加上好奇心泛滥，想知道自己没做的事情别人是怎么做的，便去看了这部电影。但是放映十来分钟后我反应过来，这部《恋人的预感》跟我在飞机上看的竟是同一部片子。由于不是日航的飞机，机上播放的影片名都是原文，叫《当哈利遇到莎莉》（*When Harry met Sally*）。

情节很简单。照抄一下《PIA 电影俱乐部》杂志（1990）的介绍足矣。

邂逅 5 年后再次见面，又过 5 年重逢，男女之间结下了美好的友情。二人害怕性爱会破坏这种友情，反反复复不断努力，悲喜交加。这是莱纳的自传体爱情故事，以曼哈顿的四季为背景，描写了没有性爱的男女爱情是否能成立的主题。

罗伯·莱纳是这部影片的制作人兼导演，电影上映年份是 1989 年。可以认为，这部影片反映了当代美国城市男女的心情。

可是影片的结尾，哈利与莎莉结婚了。

难道是想说，这段姻缘，是两个人在十多年间结成了美好的友情，害怕性爱破坏友情，不断努力，反反复复，悲喜交加，探索了没有性爱的男女爱情是否能够成立的主题之后才实现的吗？还是想说悟到坚持了十多年友情、害怕性爱破坏友情而不断努力反反复复悲喜交加，对没有性爱的男女爱情是否也能成立这个主题的探索统统都是徒劳之后，他们终于走进了婚姻这个平凡的男女关系呢？

我至今没有体会到罗伯·莱纳的真意。不过与创作者意图无关，一看到扮演哈利的男演员比利·克里斯托，我就莫名地感到自己理解了这个故事的必然性。当然，大结局的结婚除外。

一句话，他是一个没有强大磁力的男人。就他，肯定连我都会说出“做个朋友吧”的话来，哪怕我对探索没有性爱的男女爱情是否能够成立这个主题毫不关心。

梅格·瑞恩扮演的莎莉，作为女人并非没有一点妖艳之处。如果她因偶然之缘第一次邂逅并相伴驾车旅行到纽约的伴儿是克拉克·盖博或加里·库珀，情况又会怎样呢？她能做到一到纽约就说“拜拜”告别，然后忍受整整5年音信全无的状态吗？

最后二人结婚，我也不能完全认同：难道十多年一路走来，什么都没有发生过的男女，能把什么都会发生的婚姻生活过下去吗？

玩笑先放一边，问一句：友情究竟是什么？

日语辞书上只有“亲朋好友间的情爱”，太冷冰冰了。意大利语辞书中稍微亲切些：“存在于观点相似、相互尊重的人们之间的精神关系。”

可这么一来，友情根本就不是仅存于同性之间的东西了，异性之间也可能完美存在。其实，意大利语辞书的解释，直译出来就是把“与一位异性具有友情关系”的说法与表示肉体关系乃至性的结合区别开来。难道美国和意大利对友情的定义有所不同？

我对探索没有性爱的男女爱情是否能够成立这个主题毫无兴趣，但如果是探索有性爱的男女友情能否成立的主题，我倒有兴趣。

我曾经读到过一篇令我忍俊不禁的文章，忘记是在哪里读的、是谁写的了。文中说：“一次都没一起上过床的男人对女人而言是一个令她不安的存在。因为她无法测知可以作到什么份儿上。”

衡量男女关系距离的尺，女人是在床上得到的。有了这把尺，男人才不再是“不安的存在”。

若果如此，对莎莉而言，哈利在长达十多年的时间里一直是不安的存在？抑或对莎莉而言，哈利这个男人虽非不安的存在，却也从无甚尴尬？

这部影片以两位主角结婚的大团圆结束。所以，观众照理也是心情愉悦的，但我却实在愉悦不起来。

与其说我愉悦不起来，不如说我深深地意识到，人有五花八门的类型，无论如何都与自己不合的类型也是有的。我觉得，《上班女郎》中邂逅当晚就上了床的女人，是探索有性爱的男女友情能否成立这个主题的好例，这让我感到愉悦。那部影片中的男女友情是冲着企业收购发挥的，不过，那也无所谓。写作品和收购企业都是工作，在这一点上两者并无二致。

然而，让有性爱的男女友情得以成立，一定也是相当困难的事。因为明明想不用尺，不必见外，但却又不这么做，非得时刻拿着这把尺，弄得人很辛苦。说真的，这不才叫爱情吗？

我认为，没有性爱的男女爱情，是一种留给那些出于种种原因不得不忍受这种可悲状态的男女的活法，那些阔步在阳光下的健康独身青年男女无须尝试。

出轨

电视机出了故障，录像自然看不成了，不能像平时那样写电影题材的东西了。可我一直是动手写作之前要回看一遍录像的。所以这次和下次我想写以电影方面书籍为题材的文章。

《真相——帕德里夏·妮尔自传》（*As I Am：An Autobiography*），兼武进译，新潮社出版。

《凯瑟琳·赫本》（*A Remarkable Woman: A Biography of Kathrine Hepburn*），安妮·爱德华兹著，小岛雄治译，文艺春秋出版。

这两部作品从公私两方面描写了女演员的生活。同时，作品的主题是这两个女人的一生。她们的生活方式各异，但在活得认真这一点上却是一样的。至少出版社一定期待人们会带着对这两点的关切和同感阅读这两部作品。我觉得，这种阅读大概是对的。不过仅就我而言，我的兴趣和关切却在别的地方。那就是，为什么出轨的关系也能善终呢？而不能善终的原因是什么呢？

正统论不允许出轨却得善终的情况存在。这里排斥正统论，因为如果一切不允许存在的情况都不存在了，人类就可以不要历史了。

为了没有读过前面两本书的人，我把书中与本文主题相关的部分归纳如下，间或加入一点儿我的想法。

年轻女演员帕德里夏·妮尔在百老汇获得成功，并以此为武器进入好莱坞。因为有一心要成为电影史上最佳女演员的野心，所以她接受了要把她捧成第二个嘉宝的电影公司的聘用。可是，她与后来成为总统的里根配戏的处女作平庸无闻。这时，有人来商量让她跟巨星加里·库珀共同出演《源泉》。我能想象得到，22 岁的她会背水一战。

她与 47 岁的库珀之间产生了恋情，但工作却是另一个样子。面对首映式观众的反应，她说："我自己知道，我作为第二个嘉宝的经历还没有开始就已经结束了。"

明星不同于演员。明星是无论在哪里，无论做什么都会引人瞩目的人。哪怕混在人群中也会被认出，只能说，明星是具有独特存在感的人。不仅电影界，在创作领域也完全一样。

《源泉》不是一部成功的作品，但这并不是什么大不了的问题。明星库珀照样活得很好。但作品不成功，女演员就会“死”。她毕竟还不是英格丽·褒曼。二人又合作拍摄了一部作品，结果半斤八两。

可是，恋爱在此期间仍然延续着，以典型的出轨形式，即男人不抛弃家庭，避开人们的目光去跟女人约会。年轻的女演员隐忍着这一切。她坚信，总有一天库珀会离婚跟自己结婚。库珀夫人也很标致，妮尔能跟她抗衡的是年轻这张牌。看着克拉克·盖博离婚结婚翻来覆去好几次，怎么能说她的希望就是一场梦呢！这就是好莱坞。然而，库珀不是盖博。

不久，野心勃勃的年轻女演员与虽有人气但却开始萎靡的中年明星之间的力学关系出现了变化。

我看过两部这个时期拍摄的妮尔出演的作品，给我一个强烈的印象——电影公司并没有把她当作一位女演员珍重地对待，净让她演一些引不起观众同感的角色。

而《正午》却找上库珀的门来，他在这场决斗中完美获胜。如果是靠批评家喜欢的那种做作的表演取胜，那只会博得一时的赞美，但他的胜利靠的是表现自我独特的存在感。所以这场胜利，既有效地恢复了他个人的自信，又有效地维护了他的人气。

关于演技的问题，库珀是这样回答的："我不知道该如何发挥演技。我所能做的只是如何做到不做作地表演。"

库珀是一位人气极高的明星，从 1937 年到 1957 年，仅仅两次落选"十大票房影星排行榜"。不过，他一次都没有获得过盖博和斯潘塞·特雷西他们所获得的第一名。而《正午》帮他实现了第一，同时第二次斩获奥斯卡金像奖，这是连被称为"好莱坞之王"的克拉克·盖博都没有得到过的。

不难想象，这给年过五旬的男人增添了多少力量。但是，他年轻的情人却在叹息，他没有做过任何努力能给她好点儿的角色。她不能继续忍受隐身般的存在。她从未有过婚姻生活的体验，很难断绝对婚姻的梦想，她还想生个孩子。库珀仅仅与夫人分居，对她来说不够。而且，工作上的充实已经基本没有指望。

就在《正午》被一片赞美声包围的那年，二人的恋爱破裂了。如果相信她名为《真相》的自传，他们的恋爱是通过电话终结的。

“已经结束了！真的，加里。我不会再见你的……一切都已经结束了！”

没有任何回应。

“你在听吗？你在那儿吗？”她产生了一种遥不可及的感觉。

“这样你行吗？”他问道，“我当然可以……如果你想这样的话。”

“我行的。”我对着话筒静静地说道，“是的，结束了！”然后我挂断了电话。

此后不久，帕德里夏·妮尔离开了好莱坞。因为恋爱的失败和工作的失败，她退出了，就像被飞石追打着一般。

她去了纽约，回归百老汇的舞台。破裂后仅一年，她就与作家罗尔德·达尔结了婚。虽然没有爱，但达尔给了她婚姻和孩子。而库珀则似乎并没有立刻回到夫人身边，但这些对帕德里夏·妮尔来说已经不是问题了。

后来二人见过两次面。一次是偶遇，一次是库珀正在拍摄，她来探班。她讲述丈夫和孩子的事，他静静地倾听，最后说：“我现在还爱着你呢！”

后来，她成功地作为女演员经常出演电影，拥有了丈夫和几个孩子。1961 年，她在报纸上看到了库珀的死讯，思绪万千。

真是不可思议，我竟然产生了一丝魂不守舍的感觉。有一个声音对我耳语：“以后见到高大挺拔、体形美好的男人，你也没有必要再回头了，也没有必要再靠近看清他的面容了。他已经不在了。好啦，你也能歇歇了。”

她人生多舛，不由得让人相信，的确存在一些人会给她招来灾祸打击她以后的人生。而且，她与库珀夫人、女儿之间的结局也极具基督教色彩。对这些感兴趣的人，请阅读她的自传。因为这些离了这篇小文的主题，而且我对这些毫无兴趣。

这就是一个以破裂告终的出轨案例。下面我想通过凯瑟琳·赫本与斯潘塞·特雷西的关系，思考一下最终没有破裂的出轨案例。

凯瑟琳·赫本比帕德里夏·妮尔早生 19 年，有一代人的差距。但她所爱的斯潘塞·特雷西却比帕德里夏所爱的加里·库珀只大 1 岁。

帕德里夏生长在美国南部的普通家庭。凯瑟琳·赫本则不同，生长在东北部富裕而家风自由的家庭。作为进步的上流阶层的女儿，她受到了当时女性所能得到的最好教育。邂逅斯潘塞·特雷西以前，她一直相信女性在经济上和精神上是可以自立的。

她的婚姻也很顺心遂愿。丈夫是一个从不碍手碍脚的人，对工作上有野心的女人来说，简直没有比这更好的伴侣了。

她不是带着百老汇的成功进入好莱坞的。尽管她为了成为舞台演员而饱尝艰辛，但在纽约的经历绝对不可谓成功。不过好莱坞还是接受了她。当时的好莱坞正值鼎盛时代，方针就是广揽各种人才。

1932 年，她在好莱坞初露头角。未来的女性巨星当时 25 岁。演对手戏的是过气的巨星约翰·巴里摩尔。赫本劲头十足，但制片人塞尔兹尼克和导演乔治·库克似乎都对这个年轻女演员有点失望。

首先，她不是一个美女，而且太瘦，太任性。很快就有人给她起了个绰号，叫她“饥饿的蟒蛇”。

不过，她变了，变得与众不同。演技如何权且不谈，她已经具备了明星的素质。

凯瑟琳·赫本扮演的多是得不到大众同情的角色，也没有扮演过能够引起共鸣的角色。尤其在早期出演的电影中，她的角色是些富家千金，自命不凡，还演得尖声怪气，连我都喜欢不起来，尽管她的举止确实优雅。

美国大众包容任性的女人，也包容有才华的女人，但却不能容忍这样的女人获得普通人的那种幸福。《乱世佳人》中的郝思嘉就是这样的典型，其他美国出生的女演员，只要饰演这个任性的女人，就会演成女流氓的样子，让人难以接受，所以只好从英国找来费雯·丽饰演这一角色。

凯瑟琳·赫本也是，在美国众多女演员中，她任性、有才华，对感情戏的悟性也很好，她这样的存在，还是很珍贵的。正值鼎盛时期的好莱坞，制片人也不是傻瓜。

因此，尽管她人气不够高，但她在好莱坞的演艺生涯，却开始得意外顺利。就算是明星，要长年维持下去，首先要求她或他必须当一个演员，哪怕是以自己独特的方式。没有这一点，最终只能是二流。演技，凯瑟琳·赫本也是有的。她的早期作品并非每部都成功，而且一天到晚跟制片人吵个不停，但她却并没有销声匿迹。

她的成功作品有《小妇人》《摘星梦难圆》《费城故事》

等，但几乎在所有作品中，她的名字都是排在配角首位的。

也许遇到斯潘塞·特雷西时，她对以前自己的女演员业绩不够满意。她可是个野心家。但我认为她并不像帕德里夏·妮尔那样被逼无奈。他们二人的相遇真有他们二人的特点。

赫本本来个子就高，她还有个毛病，想威压别人的时候就会穿跟很高的鞋子。在与已经确定是她下部作品的搭档特雷西邂逅时，她也是穿跟很高的鞋子，只是她想要威压的对象另有其人。这样，她的身高就超过了 175 厘米的特雷西。导演曼凯维奇介绍二人的时候，她嘴里冒出来的第一句话就是："对你来说，我的个子好像太高了，特雷西先生。"

斯潘塞·特雷西凝视她良久，然后露出微笑，道："不用担心，赫本小姐。我会把你削成适合我的尺寸。"

那年，赫本 34 岁，斯潘塞·特雷西 41 岁。

斯潘塞·特雷西不是那种一进门就能驾驭全场的明星，但只要待在房间里，就会不知不觉成为一个不可忽视的人。他是一个具备这种气质的明星。他既不是美男子，也不高雅，更没有超群的性魅力。然而他却是"十大票房影星排行榜"的常客，拥有稀世罕见的性格。不论从他是一名天主教徒还是从他敬妻爱子的情况看，让他离婚几乎是无望的。然而，解除了婚姻、重获自由的女人赫本，却偏偏爱上了这个男人。他们二人合作的第一部作品是《小姑居处》（*Woman of The Year*），听上去有点讽刺。

在所有方面都很幸运的是，这部《小姑居处》的公映也获得了巨大成功。

他们二人被认为是最佳搭档，从这年起直到特雷西去世为止的26年间，二人一共合作了9部影片。尽管电影公司的意向会有，但这肯定还是由二人的意志决定的。二人的演出经历越来越丰富。他们一次也没能同居一室，但在工作期间，却可以堂堂正正地在一起。而且在各自的工作上，他们二人也都取得了辉煌的业绩。斯潘塞·特雷西有《老人与海》，凯瑟琳·赫本有《夏日时光》。

这个时期，他们二人是婚外情的关系，一直没有断过。我想其中有一个最大的原因。

当初二人间的力学关系经年累月后转向了真正的强者赫本。好莱坞明星们酒精中毒的宿疾与特雷西并非无缘。她也不得不经常为自己所爱的男人充当护士。

我很认定，婚外情的关系得以持续，仅仅因为她不是一个一心想独占男人的女人。在企图把男人当成自己一个人所有的时候，破裂的宿命瞬间就会降临。当然，像克拉克·盖博和约翰·韦恩那样，恋上女人了就反复离婚、结婚的男人另当别论。

听说斯潘塞·特雷西每周五都会去见妻子和孩子，所以生了病，才能让妻子守在丈夫的病榻旁。然后，死去。

最先发现特雷西心脏病发作的是赫本，但为时已晚。她独自守在遗体旁达10分钟之久，然后离开了房间。几分钟后，特雷西的夫人和孩子们才到。

她没有出席弥撒和葬礼。他们作为工作伙伴，她其实是有资格参加的，但她大概是为了夫人而回避了。传记的下面一行字昭示了出轨之爱，颇有象征意义："葬礼48小时后，赫本前去向特雷西夫人表示了哀悼。"

脑子里牢牢记住什么才是自己最重要的东西，为了得到它，必须牺牲掉所能牺牲的一切，否则所谓婚外情的男女关系就不能成立，我坚信。

■学校教育

有一部影片，片名叫《死亡诗社》（*Dead Poets Society*），好像是1989年吸引最多意大利观众的影片。在意大利，片名被改成了《刹那间的幸福》，大概取自影片中罗宾·威廉姆斯扮演的教师教给学生们的诗句："刹那间的幸福啊，一定要抓住！"因为只有这句是用拉丁语教的，而拉丁语之于意大利人可以说就是汉语之于日本人。如果直译"*Dead Poets Society*"，制片方担心吸引不来意大利观众，便想到了用"刹那间"。我记得，在日本，片名叫作《活在当下》。

影片抓住了17岁这个人生的"刹那间"。影片的舞台是一所令人联想起英国著名私立高中的美国寄宿学校。这所学校很严格，讲究升学，目标只盯在耶鲁、哈佛、普林斯顿这类大学。在这里，升学高于一切，而且使用的是传统教学法。

罗宾·威廉姆斯扮演的基廷老师来学校任教，教授的科目是语文。意大利是通过文学教授语文的，美国似乎也是如此。所以，他教授的是英美文学史课程。学生们想当然地认为学习会从教科书开头著名文艺评论家《何为诗歌》的序言开始。可是，基廷老师却把学生们带出了教室，在本校毕业生们在校期间拍摄的照片前开讲，说所谓诗歌，就是抓住人生的刹那间。回到教室后也不教著名文艺评论家写的概论之类，说这些东西一定要打破要抛弃，并告诉学生，诗歌不是理解，而是感受。

讲授莎士比亚的课的方式也很怪异。基廷老师是表演出来给学生们看的，边演边说莎士比亚是这样的哦，你们肯定会一脸厌倦的吧。他演成了劳伦斯·奥利维尔的风格，搞笑得很。基廷老师接着说，还有一种是马龙·白兰度演的莎士比亚。他还说如果让约翰·韦恩饰演麦克白的话……说着便模仿起来。这又很搞笑。不过，约翰·韦恩演的麦克白也许格外有趣，就连我们这些看电影的人都这么认为。还有，在《恺撒大帝》中，马龙·白兰度饰演的安东尼一角品格低劣，但却体现出了史实中狡猾蛮横的安东尼，十分精彩。原因也许在于，扮演布鲁图斯一角的詹姆斯·梅森、扮演卡西乌斯一角的约翰·吉尔古德都是英国人，他们无法摆脱传统的莎士比亚。相比之下，美国人马龙·白兰度表演得就更加自由。

所以，乍看上去基廷老师的课是乱糟糟的，在跑题，实际上绝非如此。他想教给学生的是，任何事物都有办法从多方面去探索，单从一个方面把握就觉得已经懂了，那是头脑在怠慢。

基廷老师一直在利用一切机会把用自己头脑思维，用自己内心感受的重要性教给自己 17 岁的学生们，试图把他们那颗被考名牌大学所禁锢的心解放出来，回到 17 岁的年龄上来。他最厌恶的是，毫不怀疑地接收别人的想法并因此变得平庸。

学生们也开始跟上了基廷老师的引导。其中有几个人几乎成了他的狂热粉丝。但 17 岁还没有足够的自我控制能力，虽然基廷老师也会教给他们这种能力。对这个年龄的孩子来说，自由很容易导致失控。有一个学生开始在课外时间当舞台剧演员，他的父亲却认为大学毕业当医生前不应该在学习以外的事情上费脑筋。父子发生了冲突，孩子败下阵来自杀了。校方与基廷老师之间的矛盾由此变得不可调和。即使不发生如此严重的悲剧，基廷老师的去留早晚也会成为问题。

同预料的一样，基廷老师被免职了。这似乎在告诉人们，对精英高中多愁善感的 17 岁孩子们而言，这简直就是刹那间的幸福。

意大利公立高中一般不设电影课程，只有这部电影是全校停课前去观看的。而且，家长们不想输给在学校已经看过电影的孩子，也都去看了这部电影。这就使这部电影取得票房数据上的成功。我也是一个家长，错过了公映，便在儿子的建议下去买了录像带。就这样，我这个什么事都不想白干、可怜兮兮、勉强算是作家的人，现在正在写这篇文章。

首先，该影片是对传统学校教育的反思，但欧洲传统学校教育的大本营、只能直译为古典高中的公立学校，为什么会举校观看呢？在公立学校普遍水平较高的意大利，传统公立学校是公认的高考升学学校。

我原来想这便是反省传统精英教育的证据了。然而，课程依然故我地延续着，好像并不是那么回事。说这是描述美国同龄青年的电影所以才让学生看的，说服力也不够。

说这是一部拍得非常好的作品，似乎也不能成为理由。

好吧，这个话题先撂一边。我认为，基廷老师的教育法与传统教育法的分歧，不是靠一个教师的决心就能改变的问题，而是一个永远解决不了的问题。难道不是吗？

先从实际来讲，基廷式教育法是一种很累人的教法。这种教法与程式化课程的方法不同，会把大量负担强加给教师。因为教学者要用自己的头脑思考，而且一定要刺激到学生的潜在欲望才行得通。一个班还好，但一天要在五六个班重复这种教法，教师可就很疲劳辛苦了。要把自己的知识用适当的方法教给对方，这种辛苦甚至会使人体重减轻。不管人们把教师当成怎样神圣的职业，想要求全体教师采用这种教法是不现实的。大概是因为搞清楚了这些，我儿子学校的老师们才坦然地让学生们观看了这部跟自己唱反调的影片。

还有一个问题。观察来访我家的日本年轻人，我发现，接受传统教育的人比接受自由教育的人更让人感到有前途。我不知道原因。我觉得，是不是不自由更有利于人的成长？

话虽如此，这个问题需要有血有肉才能产生真正的影响，只教授骨头是不行的。如果学校不能指望，就需要在校外弥补。

我忽然想到，之所以存在教科书以外的书籍，就是因为不断有人寻求基廷式老师。“骨头”在学校学过，已经有了。要往“骨头”上加“血”加“肉”，这就是教科书以外的书籍会持续出版的真正原因。

顺便一说，书腰写有“高考必携”字样的《世界史要览》中是这样解释马基雅维利的：“意大利文艺复兴末期的政治学家。一心想要统一分裂的意大利，发表《君主论》，展示了一套现实主义政治理论，主张为政治目的而包容权谋，不受宗教道德的束缚。”

这一点儿也没错，但只是“骨头”。所以有人让我写下了长达500页的评传，又有一定数量的人阅读了这本评传。没有学校会给基廷老师提供教学场所。我甚至想，莫非他只能去当作家了……

吃软饭的男人

一部名为《风月俏佳人》的影片正在意大利为票房而战。我还没有看过，但在美容院读到的女性杂志介绍说，这部影片讲的是妓女出人头地的故事，是《窈窕淑女》的美国翻版。由于主演男演员同为理查·基尔，我想起了十年前上映的《美国舞男》。

这部影片我也不是去电影院看的。我感觉“什么玩意儿！吃软饭的男人的故事啊”，就没有去看。直到几年前电视播放时，我才第一次看。这是一部相当好的电影。理查·基尔在这部影片里也演出了最好的自己。行家的评价很好，票房也居高位。

可是，十年里并没有听说这部影片要重拍。妓女或底层社会的女人，即使不属于这两类人，女人单靠年轻和美貌就能通过嫁人摇身一变而成为贵妇的故事重拍了无数，但为什么吃软饭的男人的故事并非如此呢?

从来没有听说过吃软饭的男人的成功故事。并不是没有貌似吃软饭的男人的成功故事,但那都不是因为吃软饭，而是通过其他事情获得成功成为话题的。吃软饭原来是一种如此难以摆上台面的生活方式啊。果若如此，那又是为什么呢?

《美国舞男》也不是一部追踪吃软饭的男人生存状态到最后的片子，只跟踪描述到影片前三分之一处，然后旋即进入恋爱，接着卷入杀人案，最后悟到真爱，影片结束。

如果影片从头到尾跟踪拍摄吃软饭的男人的生存状态，首先会让人看完后留下周身寒彻的印象，不但会受到内行的欢迎,还会让我这样对人极感兴趣的怪人感到满足，但却不会受到普遍欢迎，理查·基尔也不会因这部影片一炮而红，成为大明星。

这就是说,普通人并不希望吃软饭的男人一直吃下去。他们相信，一直吃下去的事情男人做不到。这就是说，吃软饭的生存方式作为男人的活法是不自然的。那么，如果是女人“吃软饭”，作为女人的活法就自然了吗？而且一旦成功，就会贫贱变富贵吗?

这个视角先放一放，让我们从供需关系上思考这个问题。男人与以提供快乐为职业的女人的关系长期存在，肯定是因为需求与供给的关系。

既然如此，《美国舞男》描述的那种女人与以司机兼翻译兼护花使者兼快乐提供者为职业的男人之间的关系，不用搬出男女平等云云，存在的可能性在逻辑上也是很充分的，而且八成是存在的，唯独存在的原因不得不藏在暗处这一点很是特殊。尽管事实上这是非常好的助人为乐的行为……

倘若现实中也有一个影片中露了一脸的半老徐娘，不管她是谁，都不会喜欢独自一人降落在一个不熟悉的地方的机场，拖着几个行李箱，找出租车都很累人，还要担心出租车司机是否可信。只有那些习惯了一个人旅行的牛仔裤加 T 恤的强者才不会害怕，普通女人当然会怕。吃软饭的男人可以帮女人解决这个问题。

他根本不会使用出租车，而会开着一辆时髦的跑车接你，把你送到预订好的高档酒店，陪你来到套房。行李员送来行李时付小费也不用你操心，吃软饭的男人会老练地为你付掉。他还会为你打开房间配备的香槟。香槟这东西很莫名其妙，女人独自一人喝会兴致全无。

再者，晚餐时分，你既不用在酒店餐厅一个人寂寞用餐，也不必担心独自用餐难堪而使用客房送餐服务。吃软饭的男人，这些事情当然精通，当场就能说出五六个餐厅的名字，介绍各家特色，陪女雇主去最适合她的餐厅，用餐过程也会让你开心，他会在愉悦的气氛中给你讲当地的街谈巷议和小道消息。

他还会陪你购物，不会有丝毫厌倦的表情，给你的建议肯定都很恰当。然而，老公这个物种，为什么那么讨厌陪老婆购物呢?！

还有，作为一个快乐提供者的服务。如果不是吃软饭的男人，那就得二人都想要，否则就不可能有。而吃软饭的男人的好处就是，只要你想要就可能有。说穿了这不过是临时的雇佣关系，如果该走的程序都走一遍再上床，那就太过漫长，一点不爽。所以，“二人都想要才能有”比不上“一个人想要就能有”，这个好处不可忽视。

所有这些服务需要支付的费用是一天 1000 美元。

可是话说到这里，我突然恢复了理智。1000 美元 × 逗留天数 + 餐费等费用，而且一天 1000 美元还是这部影片上映时的十年前，那么现在该是多少了呢?

想到这里，内心立即被一种悲哀的情感攫住：雇用好处多多的美男子，也是需要大笔花销的。

可是，世上除了我这样悲哀的女人之外，一定还有很多其他女人，所以对吃软饭的男人的需求实际上也一定很多。特别是在艾滋病使人们战战兢兢的当下，可信赖的中介（抽1000美元的一半）的存在将成为不容或缺的条件。

社会真的已经到了所谓雇佣时代。既然如此，到了机场以后，与其直接去租车公司，不如雇用可以提供上述种种服务的人更为简单。只是得把我这样悲哀的女人排除在外……

但是，“美国舞男”对自己的活法是有烦恼的。他卷入了杀人案，办案刑警也说他：“这种营生你就干不腻吗？”美国人认为，从男人原本该有的活法来看，吃软饭的男人的活法是不自然的。我看着这部片子，对取《美国舞男》做片名的原因开始有所理解了。

很久以前我刚到意大利还住在罗马时的朋友中，有一个是被世界级著名化妆品公司的女老板兼总经理包养的。他是一个南欧风格的美男子，举止很有格调，是罗马大学法学系的学生。总经理每到罗马都会带着他出来，让他陪自己去听音乐会、看歌剧、参观美术馆。总经理本人也是个了不得的知识人，就连他都说女老板说话有意思。

罗马大学毕业后，这个青年到哈佛大学法学院留学。这一切当然也都是女老板资助的。十年后，他已经当上了这家化妆品公司欧洲分部的老板。这不是他的愿望，而是她挖来的结果。在她死后，人们也一致公认他是一个精明干练的人。这是她眼光精准的证据。我有一次去拜访了他。

“后来你也一直跟她，直到她去世吗？”

“有时候跟的。我在，她对一切就放得下心。”

这就是欧洲式吃软饭的男人。

战争

海湾战争爆发以来，我的日常生活也发生了一点变化。

早晨 7 点起床不变，8 点送儿子去学校也跟平时一样，只是之后立即坐在办公桌前变成坐在电视机前了。

我会先看意大利国营电视台 RAI 播放的报道，借此了解昨夜发生的重要事件。美国、日本、海湾地区都与意大利有时差，所以重要新闻都集中在早晨。

看完这些后，我会把频道换到蒙特卡洛电视台。这个台播放 CNN 新闻，可以通过图像或直播了解刚才报道过的新闻。这个台还播放 BBC 新闻，所以也可以了解英国的反应。

到了 9 点，这才回到日常，坐到办公桌前，开始阅读学习古罗马时代的战争史料，一直持续到下午 1 点。就是说，我把平时 5 个小时学习时间中的一个小时挤出来分给了现代战争。此外，晚上 8 点的电视新闻我当然也会看。意大利国营电视台的新闻时间是三四十分钟，国际新闻以前就一直很充实，并不亚于 NHK。

就这样，我感觉这几天脑子被古代战争和现代战争一分为二了。在这样的状况下，我注意到了几件事情，开始用新的视角去思考它们。

首先，古代战争和现代战争之间横亘着两千年的岁月，却一点也感觉不到。

军事专家们异口同声地说，海湾战争的特色是高科技战争。大概的确如此吧。因为就连我们这些并未坐在轰炸机上的人都能在电视上看到精准轰炸目标的情形，简直就像观看外科手术一样。

但是，用高科技武装起来的不仅仅是多国联盟部队。对手伊拉克方面也一样使用了高科技，尽管导弹的命中率很低。

当然，与伊拉克军相比，多国联盟部队的高科技程度肯定要高。不过，双方高科技带来的优劣势终归是相对的，不是绝对的。这就是说，高科技给多国联盟部队带来的优势也是相对的。

这样一来，现代战争与完全没有高科技的古代战争之间，也就没有不可比的差异了。

在古代，战争的胜负也是由各种因素决定的：最高司令的力量与性格，各级指挥官的能力与经验的多寡，士兵们的士气，装备，战场的地形，战斗开始时的天气，还有祖国支援的程度……

尽管装备相隔了两千年岁月，如前所述，也只不过是程度上的差异而已。

还有一点，有人把对牺牲者人数的敏感度也当成现代战争的特色。但在我看来，也没多大差异。

士兵绝对不会跟从一个对牺牲自己人无动于衷的将军。汉尼拔、西庇阿、恺撒，他们都是从来不做无谓牺牲从而赢得士兵信赖的将军。

当然，现代人对人的牺牲变得极度神经质。但既然战争打响，就不可能一个人都不死，凡是头脑稍微冷静一点的人，都会容忍这一点。就是说，这个因素两千年前与现在的差别也是相对的。

于是可以说，战争本身受人的因素左右，而与岁月无关。难道不是吗？导弹的命中率是技术的成果，但决定把导弹打到哪里的则是人。

因此，至少在我脑子里，古代战争、海湾战争都属同类。我虽然这样认为，但也思考过几件事。

第一，关于媒体传播的战斗力指标。

比如，伊拉克军队的轰炸机是被打下了几架，但还有700架完好无损地保存了下来。

可是，轰炸机之类的东西只要不用，就跟陈列在博物馆里的同类没什么两样。遭到多国联盟部队的轰炸，总部的指示传不过来，起飞跑道不允许使用，燃料油的补给也不能满足需求，似这样，700架飞机保存得再完好，也无法形成战斗力。

当然，这种浅显的道理在总参谋部是不言自明的，所以才在开战伊始制定并实施了只针对军事设施的轰炸战略。古代没有现代传媒，但对手下士兵的影响却不得不考虑。所以，恺撒这样的全胜型武将平常才会毫不吝啬地努力让外行也能接受内行想出来的战斗力。

这就是说，不能冷静地看透战争开始前与战争开始后的战斗力演变，战斗力就会变成让人无谓担心和错误放心的原因。

我思考的另一件事是美国最高负责人经常挂在嘴上的“不要越南化”。如果这话指的是一味深陷越南化而不能自拔的状态，那么这种状态在还没有越南这个国家之前，战争史上就早已存在了。

在这个意义上，究竟能否避免越南化，在我看来，主要取决于最高司令官的性格。难道不是吗？

用在路上行驶的汽车打比方就容易理解了。只要把车开到外侧车道，就不会再有一直不超车时的风险。决断力在紧要关头会变得迟钝，既然这样，一开始不去想超车就好。但人们一开始总会以为可以超过去。可一旦开始超车，不安就会攫住人们的脑子。在高速公路上还算好，不用担心逆向车道会来车。但如果是在双向车道的普通公路上超车，被超的车、超车的车，还有逆向驶来的车，会让一切陷入危险之中。我真想知道布什是怎么开车的。

我觉得海湾战争越南化的可能性很小。让我这么想的是这次的敌人与越南战争时不同，情况非常清楚。萨达姆·侯赛因巧妙的自我宣传，在某种意义上说是一把双刃剑。

我思考的另一件事与这个问题有关，那就是文官控制是不是金科玉律。

可以把文官当成政治家，把武官当作军事专家。在古代战争中，最高司令如果只是文官或只是武官，通常都会打败仗。打胜仗的案例都是政治家（文官）兼武官，如亚历山大大帝、恺撒。汉尼拔之所以输掉了最重要的一役，就是因为他被文官控制住了。古代允许身兼文武。即使在现代，如果像丘吉尔那样，是一个兼具军事素质的文官，也许会出好结果。因为正如毛泽东所说的那样，政治是不流血的战争，战争是流血的政治。

身为“士”

“士农工商”，翻一下词典，是这样解释的：“意为武士、农民、工人、商人，是构成封建社会的阶级。这个说法是江户时代根据身份和职业自上向下排列而成的。”

这个说法在当代只有负面意义。把人类社会这样划分成四个阶级的观点，我也是不会赞同的。我甚至认为封建社会化作过去的遗物是件好事。

但是，我并不认为身为“士”的意义本身也已经化作了过去的遗物。

在“士”的含义中，既有武士、武士阶级的意思，同时词典里还指“学识渊博、德行卓越、有才华的优秀男人”。我在这里想写的是后面这个意思。

电影《正午》（*High Noon*）描述的是美国人心目中的“士”。1952 年公映当初，无论是影评还是票房都大获成功，直到 40 年后的今天，居高不下的杰作呼声从未改变过。所以可以说，这部作品所描述的美国人心目中的“士”，有着超越时代、国界的普遍性。

当然，我不知道这种普遍性以后是否还能持续下去。虽然我认为作为一部优秀的艺术作品，这部影片会拥有持续的生命力，但影片中描述的志向是否会一直具有普遍性，却是个疑问。即使我个人希望这个普遍性能够持续下去，但我觉得不管海湾战争迎来什么样的结局，这场战争结束后美国都会丢掉世界警察的警徽。

这部作品太有名了，情节不用啰唆了，所以我想，就像跟看过这部影片的人聊天一样，把话题聊下去。

警官威尔·凯恩得知凶恶的罪犯弗兰克·米勒获释后要来“答谢”，便和新婚妻子离开了小镇，却又半路折返。根据凯恩的说法，折返的原因是：

第一，虽然自己已经不是警察，但下任警官明天才能到任，在此之前如果镇上的和平与秩序处在空白状态，自己脱不了干系。尤其是现在，米勒及手下组成的四人团伙发誓要来报五年前的仇，情况更加严峻。

第二，他认为不论自己逃到哪里，他们都会追杀而来，不如就地迎击。

第三，自己从未在敌人面前逃跑过，到了最后时刻却要自己逃跑，坚决不行。

第一个理由是义务，第二个是自卫，第三个是荣誉。这些是大义，促使警官凯恩下定决心要决斗。

对手米勒也有大义。五年前自己被凯恩逮捕送去审判，虽然遇到特赦得以出狱，但发誓要找让自己遭遇五年牢狱之灾的凯恩报仇，并付诸实施。对犯法者而言，不如此不足以树立自己的威信，因此寻仇是绝对必要的。这就是犯法者的大义。

然而，当警官凯恩重新戴上铁质五星警徽招募助手时，却没有一个人报名。不仅如此，人们还一个劲儿地劝他逃走。决不放任犯法者，这是凯恩的活法，但人们却找出种种不同的理由反对他。

最先提出反对意见的是他的新婚妻子。她是贵格会教徒，是个非战主义者。她说，应该有不杀人的活法。

这部影片让宗教上的非战主义者登了场，却没有让因家规而主张非战主义的人物登场。对美国人及西欧人来说，可以理解与上帝约定的宗教上的非战主义，却不能理解以人与人之间的约定——法律为由的非战主义。我觉得直到现在，他们仍旧不理解。

警官凯恩的观点是，对付米勒这种人，只有力量对决。但很多人不同意，还有五年前与他合作把米勒送进监狱的那些人也掺和在里头。

下判决的法官害怕被报复逃出了小镇。他的意见是，为这个无聊小镇不值得牺牲身家性命。

一个镇上的实力人物，也是凯恩的朋友，在凯恩去求他的时候，他却假装不在家。还有一个竟说米勒是来找警官凯恩寻仇的，决斗只是二人之间的私事。另外一个说，事态发展到这一步，都是政治不好的缘故。一个在镇上势力最大同时也是凯恩好友的人说：

凯恩已经不是这个镇上的警官了。应对这件事必须首先考虑镇上的利益。北部的资本家都很关注这个镇，认为它是个有利可图的投资去处。这个镇的发展就靠这些投资。如果发生决斗骚乱，北部的资本家就有可能缩回手，认为野蛮的镇子不适合投资。所以，凯恩不管是为了自己还是为了这个镇，都不应该回来。现在还不晚，离开镇子是最佳之策。

大家听到这个意见，都沉默了。凯恩虽然没说什么，但内心充满了失望。他去求助一位曾是他前任警官的老人。但这个前警官却说他是个累赘，还劝他摘掉警徽，离开镇子。为捍卫法律和秩序奉献了一生，到了最后成了什么！挺身而出斗罪犯却没有任何人感谢，经济上也毫无好处。人们虽然嘴上说法呀和平呀维持秩序呀，心里却认为无所谓。所以，要让他们真正认识到斗争的必要性，只有让他们自己面对罪犯去悟。老警官的逆耳之言是：别再干这吃力不讨好的差事了，去过没有危险的生活吧。

也不是没有一个人申请支持凯恩的，但一个是少年，一个是酒精中毒者。唯一一个成年男子说，如果是一大群人去对抗还好说，但只和凯恩二人去对抗对方四个罪犯，这事儿没法商量，于是消失了。警官凯恩完全成了孤家寡人。

正午的决斗开始了。镇上的人在得知罪犯们全部死掉之后，又都会集到了凯恩的身边。但凯恩却用蔑视的眼光扫视了一下他们，一句话也没说，摘下胸前的警徽扔掉，坐上马车离开了小镇。

听说原版镜头中他扔掉警徽后还在上面踩了两脚。但这过分了，于是只保留了扔警徽，而删去了用脚踩的动作。

因为那是20世纪50年代的美国人，所以才会觉得那样做过分了。假如电影是20世纪90年代的美国人拍摄的，我想肯定会让他踩的。

乡村音乐里有一首歌叫作《200年》（*200 Years*）。人们总说，美国也该有点起色了。而这首歌唱的就是，既已延续了200年,想必有什么好的地方。我从来不偏袒美国，但这些日子以来我想告诉美国人：“是的，你们好的地方也是足够多的。”

追忆逝去的时光

有人告诉我，我每次回日本住的酒店附近有一家店，里面的录像带数量可观，于是我去看了。录像带的确很多，码放整齐，就像书架上摆满书籍。我挨个儿看，视线停在了一个点上。

我不知道这部电影已经发售了录像带。《夏日爵士》（*Jazz on a Summer's Day*）曾经让二十刚出头的我跑了 12 趟电影院。

《夏日爵士》是 1958 年在美利坚合众国罗得岛纽波特举行的爵士音乐节的纪录影片。宣传广告上写着：爵士乐粉丝必看影片。

我自幼学习钢琴，是个典型的古典少女，完全不懂爵士。虽然知道路易·阿姆斯特朗的名字，可我连他鼎盛时期的音乐都没有好好听过，却被这部影片迷倒，为什么呢？30 年前怀有的心思，现在已无从记起。但我觉得，那部影片里也许有真正意义上的音乐，那种会让人听后感到幸福的音乐。

我买了录像带，带回意大利观赏。我把感想的片段罗列在下面，记录一下 30 年后的今天，这部影片让我想起了什么。

影片开始了，吉米·吉奥弗雷的三人组合的轻快优雅的摇摆爵士乐在游艇码头的粼粼波光里流淌。曲子是《火车与河》（*The Train and The River*）。

乐手全部一身西服。观众席的椅子也摆放得整整齐齐，草坪上看不到随意席地而坐开怀畅饮的人，甚至连在观众席之间的过道上来回走动的小狗都彬彬有礼。

镜头一变，被誉为“现代爵士乐之神”的塞隆尼斯·蒙克那令人冥想的钢琴曲流淌出来。连他都是一身西服加领带。观众们懂得，安静的音乐要安静地聆听。他们的服装都是美国式的，多种多样，但都很整洁。小格布衬衫、白框太阳镜、雪白的皮鞋……在同时代的欧洲，这是遭到蔑视的美国式低级趣味。

身体刚要为索尼·斯蒂特所率乐团演奏的迪克西兰爵

士乐带来的无尽的愉悦而跃动时，画面一转，换成了安妮塔·奥黛纯爵士乐的那种绝妙音阶，令人陶醉。那种艺术之精妙，源于对自创音乐的自信，毫无强加于人之处。

不过，尽管她表演的是最精致的艺术，但她的打扮却是一顶羽毛帽子，配一身晚礼服风格的黑色连衣裙，和一副白手套，令人开心愉悦。

屏幕映出了奇科·汉密尔顿的五人乐队练习的情景，其中一人留下，开始演奏巴赫的无伴奏大提琴组曲。大概是场间休息时的消遣，是为自己一个人而拉。这简直就是爵士乐与古典音乐的巅峰组合，天衣无缝。

他抽烟，烟雾跟巴赫纠缠在一起。从烟卷的粗细看，一目了然，那不是毒品烟。这是一个不需要毒品就能醉的时代。

夜晚部分。乔治·谢林的五人乐队演奏的《回旋曲》节奏轻快。接着是戴娜·华盛顿演唱的《我的一切》（*All of Me*），以黑人特有的音质迷倒了我。杰瑞·穆勒根的充满青春的萨克斯声让人联想起信奉新教的欧裔美国人的优秀之处。不知不觉夜已阑珊。那天夜晚，甚至唯一的一位摇滚歌手查克·贝里都礼仪完美，他认真考虑了夜晚舞台的礼仪。他穿着白色衬衫，打着领带，一身西服。我觉得摇滚歌手那样在舞台上跑来跑去，白瞎了一身帅哥风采。莫非是我这小姐脾性让我这样想的？

冲着他还真响起了一片女孩子们娇媚的喝彩声。只不过那个时代的娇媚声中，还没有把人拉进无我境地的狂野。

画面一转，变成了成年人的音乐。奇科·汉密尔顿的五人乐队演奏了性感丰盈的《蓝色之音》（*Blue Sounds*）。出现在银幕上的观众也都是静静地陶醉其中的中年男女。女人们的头发打理得很漂亮，嘴唇是健康的红色，然后是赝品珠宝的洪水，洪水……

赝品珠宝首饰的历史是进入20世纪后才开始的。那些拥有经济实力购买并使用真珠宝首饰的人，为了警示而让人造出了跟真货一模一样的赝品。因此早期的赝品做工委实精细——同样都出自做真货的匠人之手。有些赝品还作为古董出现在了拍卖会上，上面甚至有制作店家的名牌。不过，那个时代的赝品做得再精美，都只能存在于暗处。

但以20世纪40年代中期为界，情况发生了变化。美国成了世界上最强最富的国家。美国人人高马大，喜好华丽。受美国人趣味的影响，珠宝首饰也从欧洲风格转变成了美国风格。

可是，就算美国在世界上最有钱，美国人也不会连普通人都买得起镶嵌真珠宝的华丽首饰。这就是赝品珠宝的独立宣言。这也是从乍看上去会被错当成真品的赝品到一眼看上去就知道是假货的赝品的转变。

会集而来坐满了纽波特爵士音乐节观众席的女人们也都用这些东西装饰自己。如果真是用那么大粒的珠宝做的首饰，大概要值好几千万日元。钻石、红宝石、金绿宝石，都是贵重的装饰品，所以才要把这些彰显华丽的东西戴在身上。

不过，堂而皇之地戴着一眼便知是赝品的东西倒也挺好。20 世纪 50 年代的美国人在欧洲人看来就是庸俗至极。他们能坦然地把赝品戴在身上，就是从自卑走向了自由。

画面上，路易·阿姆斯特朗终于出场了。他就是哲学上所说的唯一，是一个无法与其他乐手混为一谈的存在。《老虎拉格》（*Tiger Rag*）让人愉悦，甚至让我这个对爵士乐一无所知的人都翩翩起舞了。

可是，仅仅让人起舞还不是爵士乐。这部纪录片的最后，由玛哈莉亚·杰克逊压轴。她唱的《主祷文》（*The Lord’s Prayer*）平缓清朗。

那个时代的美国人真幸福。要想陶醉，只要爵士、姜汁饮料和香烟就足够了。那时，毒品、越战和艾滋病都还没有。肯尼迪总统不是1961年上任的吗？越南战争不是20世纪60年代才开始的吗？

音乐只是让健全的人健全地陶醉，让他们梦想，给他们幸福，完全不是反社会的手段。因为反社会，就连栖息在艺术世界里的人都变成了一副穷酸相。在接下来的60年代和70年代，主导美国电影的是那些充满自卑的混乱和自以为是的悲哀，还有吸食毒品细烟卷儿人异常细的手指……

如今，我无限怀念赝品珠宝闪闪发光时代的美国，还有音乐是名副其实的“乐”音的那个时代……

谈谈正义

有一本书叫《唐宁街日记》，是第二次世界大战时丘吉尔的秘书约翰·科尔维尔写的，是一本发人深思的书，分上下两卷由平凡社出版。

通过这本书我了解到温斯顿·丘吉尔非常喜欢电影。在首相专用别墅契克斯庄园度过的每一个周末，丘吉尔铁定都会以观赏电影来结束。

毋庸赘言，当时的丘吉尔是指挥战争的最高负责人，想悠闲地度过周末不啻做梦。他每天都要与川流不息来访的大臣、将军处理繁重的工作。然而，处理完这些工作结束一天的时候，他都要观赏电影。这已经成了他的习惯。

现在只要插入录像带就可以了，很简单。但在那个时代，是需要电影放映员的。专门把放映员招在身边，这说明丘吉尔是真的喜欢电影。

萨达姆·侯赛因又如何呢？听说他也是个相当喜欢电影的人。听人说他喜欢看《教父》，不知真假。

这就是说，他也有和我一样的全制式录像播放机，可以播放从各国买来的不同制式的录像带。即使人在伊拉克，也能观看美国的任何电影。于是，我被一种奇怪的空想所攫住。

如果萨达姆·侯赛因是跟丘吉尔一样的电影迷，而且也看了《虎胆龙威》（*Die Hard*），那么，他会不会打消侵略科威特的念头呢……

为什么呢？因为我认为1988年上映的这部影片很好地反映了美国人与他们观念中的正义之间的关系。

只要看了这部电影就能理解，正如电影名一样，美国人就是那种为了自己所认为的正义，管他高楼倒塌、直升机被炸、有人被杀，都愿拼命往前冲（决不退缩）的民族。

纽约刑警麦卡伦平安夜降落在了洛杉矶机场，故事就此开始。他的目的是与在当地的日本企业工作的妻子以及两个孩子一起度圣诞假期。

完全出乎意料，来接他的是一辆机场大巴。原来，他的妻子是一位很有本事的职业女性，成功地为公司做成了一笔大买卖。为了表示感谢，这家日本企业的老板瞒着她这个部下，给予了特殊关照。部下的老公是一位刑警，这也许也是老板关照的一个原因。不管怎样，让机场大巴等候接人，显示出了日本企业老板的暴发户形象。然而，因为上了这辆大巴，刑警麦卡伦意外地卷入了一桩案子。

大巴把他带到了一幢高楼。在第30层，大厦的拥有者日本企业召集员工，正在举行年终派对。因为做成了一笔大买卖，又是平安夜，美籍日裔老板、日籍高层、美籍职员，人人兴高采烈。只有麦卡伦一个人混迹其中，感觉格格不入。与半年未见的妻子的关系也是，开始还挺好，可不一会儿就开始了日常争吵，越变越糟糕。

看上去像恐怖分子的一伙人进入了这幢按照日本人的喜好建起来的超高科技大厦。十三个人很有组织性，人人任务明确，行动高效，能力很强，却很冷血，是美国人心目中德国人的标准行动。

参加派对的所有人员，除了穿着汗衫在浴室洗脸的麦卡伦外，全部成了这伙人的人质。

一场一对十三的壮烈对决就此展开，连喘息时间都没有。作为动作片，这部影片拍摄得相当上乘，继续按情节追下去我会觉得很傻，所以就此打住。尚未看过该片的人请看录像带吧。

问题不在于此。这帮人根本就不是恐怖分子，不过是单纯的劫匪。他们的目标是躺在这家公司保险柜里的6.4亿美元的有价证券。这家日本公司好像是做不动产项目的，那是其项目资金。

但是麻烦的是这家公司的美籍日裔老板并不知道打开保险柜所需要的密码，只有身在日本的总公司高层才知道。

这段插曲很好地表现了日本人的气质——不愿意相信本国人以外的人。可是因为此事，这个美籍日裔老板被冷血的德国劫匪头目杀害了，真是可怜。

我等会想，可怜又能怎样？！麦卡伦也躲在暗处听到了劫匪头目逼问公司老板的话。他这时已经知道，抢劫团伙的目标是6.4亿美元的有价证券，而不是杀掉人质。

抢劫团伙刚才确实杀死了老板和两个保安。但是，麦卡伦应该还不知道两个保安已死。毕竟敌人是能力强却很冷血的日耳曼人，没有人能够保证他们在抢得6.4亿美元后不会杀害全部人质。不过，虽然我不是美国人，但我还是不得不这样认为：

有价证券似可等同现金。如果是这样，那能不能上保险呢？比方说，假如把整个保险柜上了保险，被盗后受损失的就是保险公司。即使没有上保险，受害的也仅限于公司的法人（而且是日本人）。

这么一来，美国刑警麦卡伦也可以在大楼暗处四处躲藏，美国方面实际受害的就可以止于三人。当然，如果如此跑题的话，动作片就没法拍了。

读了约翰·科尔维尔的《唐宁街日记》一书后，我想到了一件事：战争进行过程中，丘吉尔与其心腹之间根本没有追问过这场战争是否正确。

是不是因为在丘吉尔看来，以希特勒为对手的战争是不言自明的正义之战，根本不必一问呢？抑或英国人是即便不为正义也可以为别的如名誉而进行战争的民族？

词典上说，所谓名誉就是认可自己的人格价值，亦称体面、面子。而正义，指的就是正确的意义。

这样一来，名誉便是自己的问题，正义则有麻烦一面，必须别人也认可正确方能成立。

之所以美国人始终在问战争是否正义，大概是因为他们自认为，自己与英国人不同，他们是为正义而战的民族。但是正义有陷阱。由于是“义”，如果把阿拉伯的大义拿过来，则美国的“义”就会越发急切地需要强调其“正”。

我想，正是因为拯救了即将被杀的妻子，《虎胆龙威》才让非美国人也理解到其中的“义”就是“正确的义”。

女人的恋爱

说到爱情片，多得数都能把人数烦。《罗密欧与朱丽叶》就不必说了，《卡萨布兰卡》《罗马假日》《日瓦戈医生》都是，就连《天堂的孩子》也是以爱情为主题的。《生死恋》《战国妖姬》……就连在号称爱情不毛时代的最近，都有爱情片《信是有缘》（1984 年，美国）。

然而，专门聚焦成年女性恋爱——那也是爱情——的电影作品却少得令人意外。

《罗密欧与朱丽叶》怎么说都是年轻人之间的爱情。爱得甜蜜、轰轰烈烈，却没有丝毫绝望。

《卡萨布兰卡》是男性主动的恋爱；而且，影片里都传来了《马赛曲》，说它只聚焦于恋爱，感觉会被人诟病。

《罗马假日》委实是一部成色上乘的神话。看过这部片子，没有人会再去窥探自己的内心深处了。

《日瓦戈医生》的主人公是革命年代的俄国年轻人。把《天堂的孩子》归为爱情片也会感到有失礼貌。

我非常讨厌女主演珍妮弗·琼斯，所以没看《生死恋》。同样因为讨厌女主演而未去观影的还有梅丽尔·斯特里普和罗伯特·德尼罗的《信是有缘》。我对她们实在有点过敏。

《战国妖姬》，那才是地地道道的成年女性的爱情故事。不过，要把这部片子归入专门聚焦女人恋爱的作品，我有一点犹豫。

第一，这是维斯康蒂的作品，他在舞台布景方面的技巧一直发挥得很出色，观众的视线会不知不觉地投向以威尼斯为主要舞台的环境和华丽的服装上去。

第二，这部片子名叫《性感》（*Senso*）。如果男人单用性感就能把女人迷倒，事情倒简单了。我觉得，做不到这一点才是成年女性的爱情容易绝望的原因。

还有，像这部片子里的女人那样被男人拒绝却还要紧追不放很了不起，但我做不到。何况，到达顶峰的爱恨交加，最终导致男人死去，自己发疯，这样的活法，我投生七次也做不到。所以，说到专门聚焦成年女性爱情的影片，最终只有《摩洛哥》了。

不过这是一部六十多年前拍摄的影片。布景看上去就很粗糙，也没能很好地拍出摩洛哥的异国情调。外国部队的情况一句也没有交代。

但唯其如此，我们观赏的眼睛才能集中在名叫阿米·焦丽的女人一个人身上。这个女人由玛琳·黛德丽扮演，她的一举一动，不，连她的内心脉动，观众都可以逐一跟踪。

出场人物可以说只有三个人：她，她所爱恋的外国部队士兵，以及爱她并向她求婚的富人。这部影片的导演完全没有描述那些配角，如果将其加入剧中，肯定是一幅有趣的人间群像。导演也没有把三个主要人物等量齐观。

正前方站的是阿米·焦丽，紧靠右后侧是加里·库珀扮演的士兵汤姆·布朗，她的左后侧是阿道夫·门吉欧扮演的富人绅士。就是说，就连这两位男性仿佛也只存在于她的关切之中。她一个人就是一切。这部影片是玛琳·黛德丽的电影，没有哪位女演员能像她那样一直只演成年女性。

她对一个外国部队的士兵一见钟情，是站在舞台上唱歌的她对坐在客座第一排的他一见钟情！

所谓一见钟情，并非年轻女人的特权。我甚至认为，女人分两种：会一见钟情的女人和不会一见钟情的女人。

不会一见钟情的女人，例如学校时代的朋友自然培育出爱情，最终结婚的那种女人，属于喜欢脚踏实地的坚实型。容易一见钟情的女人则正相反。不过极其年轻女人的一见钟情，也就是“啊，真帅”这种程度，上帝是不会惩罚的。上帝惩罚的是成年女性的一见钟情。

阿米·焦丽为什么会对汤姆·布朗一见钟情呢？因为他是美男子吗？不，大概不光是为这个。

阿米是流浪到摩洛哥来的，是一个有过去的女人。所谓过去，并不是过去发生的所有事情的集聚。如果只是往事的集聚，那不叫有过去。有过去是指有许多别人看不见的伤。而有许多伤的女人最该躲开的就是始于一见钟情的爱情……

但阿米所有的“无人能治”的伤又是什么呢？

阿米不像是被男人拒绝还要紧追不放的那种类型，所以不会是遭到男人抛弃所受的伤。她大概是对生活疏于防卫，没有做到坚实型，对遭遇到的种种挫折反应敏感而受了伤，还有对人生的疲劳带来的绝望。绝望太深，甚至会把死当作救星。

我觉得，阿米是在乍看上去举止轻浮的汤姆眼睛深处，看到了跟自己一样的绝望。她把花抛给了这个男人，把房间的钥匙也给了他。

有良知的人一定会认为：这太傻了！为什么甩掉要为自己疗伤的男人，却给了过了今天不知明天的外国部队士兵?

实际上，阿道夫·门吉欧扮演的富人绅士比任何人都显得更加适合为阿米疗伤。首先他有钱。经济上的富裕可以把人生中的很多挫折变得不再是挫折。而且，他还是一个相当好的男人，对追逐着即将出征士兵的成群女人也没有冷眼相看，说她们是“有自己男人的女人”。即使结了婚的女人，又有几个能断言“我有自己的男人”呢？然而，正是因为他说了如此有深度的话，让阿米看透了自己的内心深处，所以他失去了她。

同他比起来，汤姆起初只是轻浮地对待阿米。当她说到自己的伤无人能疗的时候，也就是当她对他敞开心扉的时候，他竟当即起身离席，说不愿意找麻烦。她虽然嘴上也说“你回去吧”，但追在男人身后的却是她自己。

不过这个男人也渐渐变得不再轻浮。爱情，会把人变成真正意义上认真的人。哪怕嘴上开着玩笑，眼睛却在背叛玩笑。用口红写在镜子上的告别话语，淋漓尽致地表现出了不想分别的心情。结果，阿米去追赶已经出征的汤姆。她混在跟她心情一样的成群阿拉伯女人中向沙漠走去，抛弃了拥有一切唯独没有伤，因而与绝望无缘的富人绅士……

看过这部影片的人大概会想：她为什么又回头去追汤姆呢？我会这样回答：

因为阿米想看到汤姆眼睛深处漾出的绝望因为自己的追逐而消失。从她决定追逐男人而去的那一瞬间起，她的绝望便已经消失。剩下的，就是要让男人的绝望也消失。

“仅此而已吗？”“是的，仅此而已。”

然而，女人活的就是这个仅此而已。

论歧视

同是黑人明星，西德尼·波蒂埃获得了奥斯卡金像奖最佳男主角奖。而艾迪·墨菲没有得到这个辉煌的荣誉。估计电影评论家不会把他们二人相提并论，但我却认为可以这样做。

《炎热的夜晚》中的刑警角色最能体现西德尼·波蒂埃特有的味道。

一副卡尔·刘易斯的身板，肉体完美得无懈可击。如果让他穿上西服，恐怕广袤的美国也没有多少男人能像他那样穿着得体了。还有，他的脑子生来上乘，高中成绩肯定是第一，进大学也根本不需要黑人特别名额。

手劲也是，只要愿意，两三个白人都敌不过他。我觉得，普通白人在他面前都无法没有自卑感。因为从美国人做不好的举止方面看，他就是一位真正的绅士。

相反，艾迪·墨菲身高不到180厘米，溜肩，不适合穿西服。牛仔裤加一双篮球鞋，就是他的标志。粗野，加上那尖厉的笑声，即使不是信奉新教的欧裔美国人，保管也会蹙额。

不过，这个仁兄天生脑子好。他不是那种通过教养形成的好脑筋，在《贝弗利山庄警探》中像机关枪一样不断连发的饶舌和笑声之间偶尔透出的不苟言笑的眸子表现出了这一点。

黑人明星这二十年间也改变了面貌，从西德尼·波蒂埃到艾迪·墨菲。我觉得这种变化很好。

如果与西德尼·波蒂埃共进晚餐，我大概会很紧张。倒不是担心非准备昂贵的餐食不可，而是担心餐桌交谈如何进行。一想到这点，我就不能不紧张。

首先，我完全认同对方，心底有一种想法：他竟做到了这一步，完美啊！

他大概也会很有风度地回应我吧。从艺术到世界形势，理性的对话会因必要限度内的热度而增色，对话将会顺利进行。作为餐桌上的对话，无法指望有比这更好的了。

可是，仅仅是这样的话我是不该紧张的，然而实际上我会紧张。因为我知道，跟他这样的黑人对话，“黑”这类词语是死也不能说出口来的。如果说出口，最高级的香槟也会瞬间变成姜汁。

西德尼·波蒂埃很有教养，不会做出掀桌子这样的举动。但在他那沉稳理性的眼睛深处，难免会溢出悲哀。我不想因为这种事情伤害他，所以用餐期间才会紧张。

当然，我从来没有真的跟西德尼·波蒂埃共进过晚餐。但我跟他这种类型的黑人用过很多次餐，而且每次都紧张到喝不出香槟的味道。

如果是跟艾迪·墨菲一起用餐，又会怎样呢?

首先，不会点香槟，也不用亚麻餐巾，也就是比萨饼加啤酒吧。

尽管如此，餐桌上的对话肯定非常有趣。因为对方是女性，艾迪·墨菲粗野的话大概会少一些，但笑声肯定依旧高亢，引得周围的人回头。而且，乏善可陈的国际形势到了他的嘴里,保管会变成一出让所有人忍俊不禁的喜剧。

不过，跟他对话不会使我紧张不是因为像机关枪那样接连发射的话语和笑声。他这人，大概会若无其事地说出“俺是黑鬼，你是黄皮”这样的话来。

连这种话都能坦然说出口，那我也就能坦率应对了：“真的哦，就是嘛！”

黑鬼、日本鬼都不再是禁忌语。

禁忌语、歧视语之类，即使可以禁止说出口，但却禁止不了心里去想。当然，世上有很多感觉迟钝的人，禁忌语、歧视语至少具有能让他们不把心里所想说出口来的功效。但也不要忘记，这种禁忌语、歧视语也有阻止原本就没有这类想法的人们之间坦率交流的弊端。

我认为自己是一个集所有缺点于一身的女人，但唯独没有种族歧视，否则我不会跟意大利男人结婚，也不会有我最爱的儿子也是意大利人的现状。我想，也许正因如此，消除歧视的唯一途径不是不用禁忌语、歧视语，而是面对面时相互坦然使用。即使相互不说也行，但绝对不是因为不允许说出口而持续紧张,也不是心里想却憋着不说出口，那样眼睛会表现出来的。

大家都不是傻子。即使不说出口，但只要心里想，别人就能看出来。那才是不老实，才是真正意义上的歧视。难道不是吗?

话虽如此，西德尼·波蒂埃的魅力也是难以抵挡的。

首先，作为主演级黑人演员，他是先锋性的存在。先锋，在任何社会里都是伟大的。

其次，看歌剧找艾迪·墨菲陪伴可就麻烦了。如果是在一楼座位和后排雅座看戏，只能找穿晚礼服也很帅气的西德尼·波蒂埃。不过，是不是连看《奥赛罗》都要找他陪，我得考虑考虑。

跟艾迪·墨菲也不是不能一起去看歌剧，但他比较适合在顶楼座位看戏。话虽这么说，跟他一起去看歌剧的坏处并不是在顶楼座位看戏，而在于一切都会变成滑稽的模仿。

所谓变成滑稽的模仿，只要想想梅尔·布鲁克斯就能知道，脑子不好是做不到的。艾迪·墨菲脑子好，而且幽默感出类拔萃。他在旁边的位子跟你耳语，戏仿《奥赛罗》，你会怎样？

那可就完蛋了！即使忍着，肯定也会偷笑不已。周围的观众肯定会投来谴责的目光，你会被赶出去。刚到走廊你就会肆无忌惮地放声大笑，然后被赶出剧院。接着还有艾迪的驾驶技能！

我对儿子说要写艾迪·墨菲，他对我说：“妈妈，最好不要坐他的车哦！”

我消化器官功能弱，经常晕车，那家伙开车我奉陪不起。

这话说的，又不是让他当情人！管他是黑人也好，残疾人也罢，抑或是落后国家的人（啊，我如此紧张却为何写下了这些话），还是相对于男人处在这样地位的我们女人，都不要再为歧视语而神经过敏，消耗能量而毫无收获了，怎么样？一接到抬头称谓不是 Mrs 而是 Ms 的信，我就会毛骨悚然。

我觉得，如果连国际关系都开始“俺是黑鬼，你是黄皮”式地发生了变化，成果将会很扎实。

反省行为

回国后立即在东京看了黑泽明的《八月狂想曲》。数量适中的观众席上，老年人和年轻人居多。30 岁到 50 来岁的人很少，大概因为时间是工作日的下午。

电影很美。我不是影评家，很美的评价已经足够。

影片讲的是四个孩子在乡下祖母家跟祖母一起过暑假的故事。孩子们与祖母之间存在着代沟，由此在所有事情上都横亘着“距离”，一般而言，思想沟通是做不到的。即使能做到，也只限于祖母向孙辈靠拢。在经日本人之手创作的诸多作品中，这种类型的“靠拢”占据了大多数。

可是，《八月狂想曲》不一样，是由孙辈靠拢过来的。影片的原作、村田女士的小说《锅中》里也是这样。我觉得我能理解黑泽明导演选择这部小说的原因。他一定是想要这种境遇。

“靠拢”，起初也是通过田园风光开始的。破旧、昏暗但却凉爽的农舍，音阶不准的旧风琴，蝉鸣声，被雷劈裂的古树演绎出来的悲剧爱情传说，河童的恶作剧……

孙辈一点一点地触向祖母的内心深处，那就是原子弹爆炸。原子弹爆炸原作里是没有的。这好像是日本首映式后的记者招待会上外国记者的直击点。尽管他们知道黑泽明，但他们一定不懂黑泽明。

黑泽明导演实际上是一个普通人，一个伟大的普通人。虽然他已是耄耋之年，但却充满了年轻人都未必拥有的率真，如果被人奉为天皇之类，我想那一定是周围的人不好。他是一个健健康康宛若高耸杉树的人。

如果是这样一个人，而且是那个年代的日本人，理所当然地会把原子弹爆炸描述成孙辈向祖母靠拢的终极原因。《八月狂想曲》的主题选择原子弹爆炸，对黑泽明而言，也是极其自然的结果。

所以这不是问题，而是另有问题。在祖母与因为开始思考原子弹爆炸而不断向祖母靠拢的孙辈之间，应该还有原本必须有的孩子辈，即对祖母而言是子辈，对孙辈来说是父辈的那代人。问题在这里。

有评论说对这代人的描述脸谱化了。他们不愿面对战时战后的日本，而不仅仅是原子弹爆炸。所以哪怕跟自己的孩子，也没有针对这种问题进行过交流，一步就跨到了居住在夏威夷亲戚的成功故事。尽管这些亲戚同自己是堂表兄弟姐妹的关系，但他们是美国人，要回避触及自己的父亲是被原子弹炸死的话题。

身为美国人的堂表兄弟姐妹知道这些后大为震惊，降落在长崎机场后当场说出的台词很具象征性。

“为什么不告诉我们他是被原子弹炸死的呢？”

这句话是冲四五十岁的日本人说的。这部影片对父辈那代人的描述脸谱化，不是因为创作剧本的黑泽明导演力量衰微了，而是因为我们这代人本身就是脸谱化的，除了经济以外，一直在逃避。

黑泽明对向日本投原子弹的美国还是有点愤怒的。但他内心深处的愤怒，是冲着日本成年人去的。在长达半个世纪的漫长岁月中，他们最终也没敢正面面对日本的最重大事件——以原子弹爆炸为顶峰的第二次世界大战。

日本的“大人”们实际做了些什么？这50年来，难道不是一直在逃避为第二次世界大战做总结吗？

所谓总结，就是把一件件分散的东西汇拢成一件。日本现代史研究者们并没有偷懒。只是没有人来做把他们的工作汇拢在一起的事。拜其所赐，我们至今对此没有一个明确的观点。日本人没有，外国人就不会有。

那场战争是什么原因打响的？过程又是怎样的？发生在南京的大屠杀真正有多少人被杀害？战前以及战时握有决定权的人都有谁和谁？他们是如何行动的？包括媒体在内的所谓民意，实际情况是什么样的？

总结所需要的，不是“抱歉了”这种程度的反省，也不是倾向于某种主义而追究责任和弹劾的态度。只要一直这样下去，毫无收获的状态就将持续下去。总结需要的是严密的客观性。要搜集所有资料，并依据客观的观点整理汇总这些资料。

只有这样做，才能够把真相告诉直接受害者——近邻各国，告诉自己的孩子。而且这样做了，逃避长达半个世纪的日本人就可以不用再逃避了。

反省这个词的意思是反观自己。另外还有一个意思，那就是出于对自己的行为或意识做出善恶判断的需要而去认真观察自己。现在我们必须做的就是后面这个意义的反省，并把这些汇拢起来，告诉全世界和孩子们。德国人能做到的、意大利人能做到的，日本人不可能做不到。用20世纪的最后岁月来做这项工作，也是再适合不过的。

具体可以创办专门的财团，召集学者，当然也要请外国人参加。但全体人员都需要在精神上去除国籍，因为要求只有一条——客观。写历史，国籍是没有用的。

听说有很多外国记者出席了《八月狂想曲》的首映式。还听说他们中间有人一股脑儿向黑泽明提了这样一些问题：

日本在第二次世界大战中干了什么？比如，影片照理也要讲南京大屠杀。

影片没有讲是谁挑起了战争，以及为什么会被投下原子弹。

……

如果日本人迄今已经完成了对第二次世界大战的总结，向全世界做了宣示，这类谴责就一定不会冲着一个电影创作者而去。细想起来，他们也该知道这些并不是电影创作者的工作。但日本人一直就没有去做这些工作，所以在外国人的心里，不，就连在日本人的心里，都充满了欲求得不到满足的心理，所以才出现了这种现象。人们常说日本人没有脸面，然而，不是没有脸面，只是不想让人看到脸面而已。尽快总结第二次世界大战，用这种形式把脸面拿出来让世人看看，又如何呢?

今年（1991年），距离珍珠港事件已50年，美国在这方面的言论大概会越来越多。然而，能够堂堂正正讲原子弹爆炸的日本人，唯有黑泽明一人，尽管他采用的是祖母与孙辈之间，还有这个家庭与其美国亲戚之间产生的内心交流这种充满诗意的形式。日本有教养的，也就是具有这种总结能力的“大人”们，你们就不感到羞耻吗?我感到羞耻!

黑泽明导演在戛纳电影节接受采访时这样回答道：“必须有人记住。而且，需要有人好好说出来。”

坏女人

有一次跟两个35岁上下的日本人共度良宵。他们都是连载我这些随笔的《远见》（*Foresight*）[1]的忠实读者，也一直在读我的随笔。于是我问他们：你们想让我写什么主题？二人回答：坏女人。

他们点了坏女人的题，我脑子里首先想到的是《蓝天使》或《卡门》，但他们二人却举出了《体热》。我没有看过，于是我答应他们去看录像。

在日本逗留期间我是住在酒店里的，所以向酒店借了录像播放机，又从附近的店里借来了录像带。电影的成色相当上乘，导演是劳伦斯·卡斯丹，主演是威廉·赫特和

1　由日本的一家出版社——新潮社运营的一个网络杂志。

凯瑟琳·特纳。《PIA 电影俱乐部》杂志的介绍似乎也是大唱赞歌。

“这是剧本作家卡斯丹导演的成名作。复活于现代的蛇蝎女人（特纳）以她那疯狂的妖艳与导演流畅的表现力黏稠地混为一体，演绎出了一部性感的犯罪悬疑杰作。正如原片名 *Body Heat* 那样，影片笼罩着性感美，连观众都会热起来。特纳和赫特挥汗如雨、热气蒸腾的情爱场面……完全沉溺其中的赫特按照坏女人特纳的计划参与了犯罪。充满怪异的尾声，卖炸弹的米基·洛克等恶性超强的人物，忧郁的爵士乐声……”

《PIA 电影俱乐部》的编辑好像也跟我的这两位读者朋友一样，为这部影片所折服。

我虽然认为作品成色上乘，却没有“热”起来。我原以为是年龄差异，但又似乎不是。我还想过自己是女人的缘故，但如果是这样，那把影片中的男女主角对调后也该“热”起来，可又热不起来。既然如此，肯定另有原因。我继续聊下去，不再介绍情节了，还没有看过这部片子的人请租录像带看吧。如此上乘的作品，而且还可以尝试自己会不会“热”起来。

借《PIA 电影俱乐部》的话说，我热不起来的原因，就是“黏稠地混为一体”、“性感美，连观众都会热起来”和“挥汗如雨、热气蒸腾的情爱场面”都没能引起我的共鸣。

可是，对此皆无共鸣，主人公赫特“按照坏女人特纳的计划”，为抢夺财产而“参与了犯罪”以至于杀死女人的丈夫的动机就没有了说服力。但要说我的感想，那就是如果靠那点性爱技巧就能俘获男人的话，美国男人也太简单了。

可是，事情不会是这样的。我只看了一遍借来的录像带，无法确认，但这部影片定有原作，因为文字比画面更适合表现能让大男人失去判断力的性爱技巧。如果是画面，怎么折腾都会成为色情文艺。

这里只根据电影《体热》所表现的内容聊下去。我无论如何都不能理解一个律师这样的知识分子会因为那点性爱技巧就成了女人的应声虫。不过，不管我是否理解，影片中的男人确实成了女人的应声虫。这就是说，在“那点性爱技巧”之外还有什么东西把男人推向了女人。美女和一定程度的性爱技巧，对男人而言，只是在以前内心深处就有的性倾向上点燃了一把火而已。

让我们来思考一下《蓝天使》中玛琳·黛德丽扮演的舞女洛拉和歌剧中著名的卡门。

洛拉勾引了一位严谨认真的高中老师。至于为什么，我想大凡女人基本都能答出：对生活在与自己不同世界里的男人的好奇心，以及想把他从他所安居的世界里分离出来的恶作剧心理。上了钩的男人虽然会有一段时间沉醉在幸福中，但结局当然是毁灭。

卡门的情形与洛拉不同。卡门爱上了豪塞。之所以勾引他，是想把情人占为己有。在二人相爱的时候，肯定双方都很幸福。但豪塞当上了走私行当的头目，却没有悟到需要拥有足够的实力去用金钱束缚女人，抑或根本就没有这方面的能力。斗牛士埃斯卡米里奥出现在了卡门的面前。卡门自然抛弃了豪塞。男人为了这个女人丢尽了一切，甚至抛弃了军人职业，最终得到的却是绝望。他因此杀死了这个女人。

洛拉、卡门、穿白裙的女人特纳，都因为毁灭了男人而被当成坏女人，但我却不以为然。试想，如果高中老师、军人、律师三个人职业不变但性格换掉，那么洛拉、卡门和特纳还会变成坏女人吗？

难道不是因为这些男人的内心深处都潜藏着一种试图被坏女人玩弄一下的欲望吗？难道不是因为多少有点坏的女人正好出现在他们的欲望上面并点燃一把火吗？

坏女人不是原本就存在的。原本就存在的是渴望坏女人的男人。坏女人是这种男人创造出来的。没有性受虐狂，就不会有性施虐狂。

如此想来，《体热》中的那点性爱技巧足以征服男人便可理解了。越是对女人言听计从，男人就越会失去判断力，其根本原因在于男人的精神更甚于女人操纵的性爱技巧。如此看来，威廉·赫特很适合扮演那个律师的角色。他演弱男人会表现得出类拔萃。

影片中有这样一个镜头，一个检察官朋友已经察觉了此事，提出了让他离开那个女人的忠告。对此他的回答是跟那个女人已经到了如此地步，分不开了。朋友与他同龄，对女人的魅力应该同样敏感，但却理解不了他。原因大概就是朋友与他不同，没有想被坏女人玩弄的欲望。如果对象是与这个朋友相同性格的男人，就算特纳再想杀夫谋财，也找不到同伙顶罪，因此也就无法变成坏女人了。

曾经有人对我说：您是不写坏女人的。当时我认为，之所以不写，是因为我自己不具备坏女人的素质。可我感觉现在不一样了。与其说我是否有坏女人的素质，不如说我对那些有着潜在欲望想被坏女人玩弄的男人和想被坏男人玩弄的女人根本提不起兴趣，这样当然就写不出有对手才存在的坏女人和坏男人了。

赫特扮演的律师被判杀人罪。影片接近尾声时有这样的镜头：他在牢房里对检察官朋友吐露苦涩的回忆，说："那个女人是一个无情无义的坏女人！"如果我是这部片子的编剧，肯定会在后面加上一句："尽管如此，我幸福过！"

不这样说，他就会变成纯粹的傻子。因为女人靠那点性爱技巧就把他弄得言听计从，结果自己坐上了死刑电椅，女人却得以逃脱，摇身一变成为大富人，在南美某处享受着其他男人充满欲望的目光……

安眠药

如果我看尼克·诺特演的电影时赞叹这个男演员扮演的角色，不，不如说赞叹他本人，那便是我自己处于身心疲惫状态之中的证据。在一次从意大利回日本的飞机上，我看着他的电影潸然泪下，无法自已。

飞机降落成田机场，我乘车前往市中心，抵达常住酒店，从客房的窗户，看到少女时代抱着乐谱常去学钢琴的日比谷公会堂尚未拆除，仍然立在那里。我挨个儿给母亲、妹妹和把我拉进写作世界的编辑们打电话，告诉他们“我回来了”。洗了澡，化完妆，穿好衣，乘电梯来到大堂，以便会见约好的人。假如尼克·诺特就在大堂，用丧家犬一样可怜但却无限温柔的目光投靠过来，恐怕我的目光根本不会稍做停留，因为我已经恢复了精神，不再需要他了。

跟他在一起的日子里，根本没法带他出来见人。他个头很高，身材却不好，比起他来，就连约翰·韦恩都显得飒爽。他走起路来左右大幅摇摆，两条胳膊太长，简直像只大猩猩。那张脸，哪里是什么美男，加上金色头发总是乱蓬蓬的，让人联想起维京海盗。他穿什么衣服都不合适，甚至连晚礼服都不例外。仅仅是想到要跟他共同进餐，我都会汗毛倒立，因为他不是优雅地品尝，而是把饭菜从嘴里倒进胃里。

对话？至于对话，与他之间没法对话。男女对话本该也是一种甜美的决斗，可是即使这头亮出了造型优美的宝剑，那头却连欣赏地看一眼都做不到，遑论双双对舞。

既然如此，那他究竟有什么用呢？对女人来说，他还有什么效用呢？难道没什么用，只是一个二级片动作演员吗？

要是我，大概会这样回答：他是一个我睡着时守候在我身旁的角色。事实上，一看他的电影我就犯困。如果是他，我觉得就算我睡死了，他也会守在我身旁，不会叫醒我。这种时候的睡眠很接近死亡，所不同的只是不定什么时候就要起来。

这篇随笔我从《PIA 电影俱乐部》杂志（1990）“西洋电影篇”中得益不少。这份杂志是这样介绍尼克·诺特的：

1941 年生于内布拉斯加州。经历过不得志的时代后，1977 年他在《深深深》中出演主角，一跃成为明星。千锤百炼的演技和男人式的性感魅力使他大受欢迎。20 世纪 80 年代始展宏图。其主要作品有《狼人部队》（1978）、《达拉斯猛龙》（1979）、《48 小时》（1982）、《战火下》（1983）、《格瑞斯·奎格里》（1984）、《反攻美国》（1987）、《纽约故事》（1984）。

首先，还是说他是内布拉斯加州人为好。我感觉他既不是加利福尼亚人，又不是蒙大拿人，如果说他是纽约人，那就只会使人吃惊。不得志时代，如果是他可能会有。千锤百炼的演技，如果说的是看上去不是演技的演技，他倒是一个拥有相当演技的主儿。男人式的性感魅力，嗯！

如果觉得在这个男人的身边可以放心深眠也算男人式的性感魅力，我也赞成。但《PIA 电影俱乐部》所说的意思委实不是这回事。如果照字面理解这段评价，所谓男人式的性感魅力于我而言指的就是很有刺激性的魅力。就是说，是会使我双眼大睁的魅力。可尼克·诺特的魅力恰恰与此相反。

算了，这种事情怎么都行。读了《PIA 电影俱乐部》的介绍文章，我倒觉得实在对不住他了。就连他的那些代表作，我都搞不清看过没有。《48 小时》看了，还录了像，但那是因为其搭档艾迪·墨菲有意思。至于其他作品，说起来，我只记住了手忙脚乱忙活的摄像师的事。因为我从来没有掏钱去电影院看过他的影片。不，是不是去看过《纽约故事》？写到这里，我终于搞清楚了自己是一个对不住他的粉丝，除了这部片子，其他只是在飞机上迷迷糊糊看的，连片名都记不得了。

我想，这恐怕体现了我出于自身弱点而下意识地视而不见的可悲性格。实在对不住，尼克·诺特被我临时用作一剂安眠药。以后观看的时候我得稍微上点心，片名还是要记住的。

我一直以为他更多是被用来担任不解风情的动作角色的，但有一次，我头一回看一部影片把他当成了安眠药，觉得制片人中大概也有跟我想法一样的人。

这部片子也是，我记不得片名了，因为照例是我旅行时在飞机上看的。不过我记得情节。因为我又在电视里看了一遍。那是偶然看的，不知道是同一部影片，看了才知道，啊，原来是这部！

出狱后的尼克·诺特在心里发誓，再也不要回监狱了。他想把在监狱里工作积攒的1000美元存起来，一路来到银行。然而在这里他遭遇了抢劫。愚蠢的银行劫匪反复做着愚蠢的行为，最后竟把尼克·诺特当作人质带走了。抢劫银行的惯犯被当成了业余劫匪的人质，搞笑超过了讽刺。

实际上，后面才是搞笑的场面。不过这部影片拍得相当好，搞笑但却毫不啰唆。尼克·诺特莫名其妙地不得不跟愚蠢的劫匪一起行动，但有件事让他很不方便，愚蠢的劫匪中有一个岁数很小的女孩儿，而且这个女孩摆脱不了母亲去世的打击，得了失语症。对尼克不利的是这个女孩只跟他说话。

愚蠢的父亲一直以为这失语症好不了，看到这些当然高兴。尼克·诺特开始只是感到惊讶，后来被一点一点地感动了。而且，就在他发现女孩不知不觉间在自己身边睡熟了的时候，这“一点一点”就成了决定性的因素。

愚蠢的喜剧继续展开，电影最后在一个非常有趣的插曲中结束，让人猜到恢复说话能力的女孩与干上正经给排水工程的尼克·诺特将要开始二人的生活。

在关注到尼克·诺特安眠药般的魅力方面，这部影片的确是一部划时代的作品。然而，当五六岁女孩的安眠药又成何体统！

制片人肯定以为一个粗鲁大男人与一个幼小女孩的组合的电影会叫卖。也有把阿诺德·施瓦辛格与幼儿园调皮孩子们组合在一起的电影，但却一点也不好看。之所以不好看，是因为不管施瓦辛格多努力，那种眼睛深处浮现出来的哀愁他一点儿都没有。所以，把他跟小孩儿组合在一起，只能以纯粹的闹剧收场。真不想把我们的尼克·诺特与施瓦辛格相提并论。（后经编辑部努力，确定了片名是《三个亡命徒》。）

话虽如此，尼克·诺特已经人到中年，难道就没有哪位制片人给他安排一个为同样人到中年经历过同样人生甘苦的女人当安眠药的角色吗？我要是编剧我一定会写，但不能指望商业上会成功。毕竟近来脑筋开化的女人不会要求男人具有安眠药的功能。

自由的女人

母亲说，结婚时父亲带来的是神保町鳞次栉比书店的欠款和欠款的成果——数量庞大的书籍，还有玛琳·黛德丽的照片。我曾经问过母亲："那妈妈就没有嫉妒吗？"

母亲笑着答道："嫉妒，能做到吗？那可是一张真人大小的半身像，除了头发、脸、手，还有手上烟卷冒的烟，都是清一色的黑色，也不知道你爸爸是从哪儿弄到手的，是个迷人的好女人呢。"

父亲生前，我从来没有问过他为什么会喜欢黛德丽。即使我问，父亲也不会做出客观的解释。

不过，也许父亲对我还是有一点影响的，我真正喜欢的女演员只有玛琳·黛德丽，而且现在也只有她。

如果电视台播放她出镜的电影，不管什么，我都会全部录成录像。我还有她的影集，因为是德语，我会边查词典边阅读。我甚至花了1.3万日元买了片名为《关于玛琳的二三事》的纪录片录像带。

这部影片是一部神奇的资料片。接受采访的是她，但她却一次都没有出现在画面里。她的理由是她都要被拍死了。不管采访者兼导演马克西米利安・谢尔怎么求她，她都顽固地坚持不应。这样，那些“烂现实主义者”就再也看不到衰老的玛琳・黛德丽了，尽管他们很是不满。

还有，问她过去的回忆，她也不响应，哪怕关于顶级导演和搭档演员，也几乎没有什么评论之词。所以，这部影片满足不了观众电影史方面的兴趣。不过，她偶尔也会做些批评，充满讽刺且一语中的，让人不禁发出笑声。

她这么不配合，纪录片也无法整齐地拍下来。可恰恰就是这个不整齐让这部纪录片拍出了她的风格，非常有趣。好女人和强女人很难统一，但这部片子却让人懂得，两者在她身上完全统一了起来。

明确说自己很好，这很了不得。连很好的自信都没有，怎么创作出拿得出手的作品呢？谦虚对艺术家来说并非美德。

还有一个部分我很佩服。她说“居住在国外的人没有家，有人接受自己的地方才是家”。我完全同意。有人接受自己的地方，对居住在祖国之外的人来说就是家。

她说自己不懂政治。什么什么？谈不上不懂，应该理解为没有懂到国际问题评论家的程度。

当被问起为什么会在第二次世界大战中帮助与自己的祖国德国作战的美国时，她的回答非常精彩。她说：“德国人一直在找一个命令他们如此这般的领袖，他们找到了希特勒。于是，很多人在集中营里被杀死，孩子们在空袭中死去。谁都知道，是希特勒德国开始的这一切。我希望依靠美国的力量早日结束那场战争是理所当然的。”

我认为，这话符合逻辑，且不感伤，是健全的思想。

我是个女人，不懂男人们在她身上感觉到的风韵是什么。估计不仅是腿的曲线美，也不仅是富有男人味儿的沙哑嗓音。她从年轻时起就不是一个年轻的女人。她出道的时候感觉就像 35 岁左右的女人。再上了年纪，也停留在了 50 岁左右，至少她给人的印象是这样的。这个人没有普通女人身上所能看到的那种年龄，因为她从来没有对导演、对观众、对任何其他人做过谄媚之事。有人问她风韵犹存的原因，她说那只是“桀骜而已”。

不管看多少遍，《摩洛哥》里的那个镜头还会让我心跳加快。镜头里她女扮男装唱歌，跟观众席上的女人接吻！被吻的女人是个傻子，所以笑了。可那个场面并不好笑。如果有所感悟，人就笑不出来了。紧接着，就有人抛花过来，就像库珀扮演的外国部队士兵那样。女人很少会在女人身上感觉到女色，但玛琳·黛德丽在女人看来也富于女色。

在我看来，这是由于她那对一切毫不在乎，说得极端点，哪怕就是倒毙路旁都毫不在乎的生活态度和方式。我觉得老后的保障、彼此隐瞒的理财，都与她无缘。曾几何时爆出过她的宝石被拍卖的新闻，我想，这是因为她已不再是靠宝石获得愉悦的年龄了，不想再过给别人添麻烦的生活。这不是挺好的吗？也有评论说她已经潦倒，但这对一个不惧流言的人来说，真是无关痛痒。

尽管如此，纪录片《关于玛琳的二三事》里还介绍了跟她一起过了30多年的男人。拍摄纪录片的时候他已经是一个中年男子了。但在演唱会现场指挥伴奏乐队时，怎么看他都像不到30岁。而且，当场介绍他时，玛琳的话也非常精彩："这是我所爱的作曲家、指挥伯特·巴卡洛克！"

直来直去，堂堂正正。我查了一下影集，演唱会是1959年举办的。玛琳与他年龄相差怎么说都有30岁。真不愧是玛琳！而且这个男人此后一直伺候了她30多年，真正是双倍、三倍“不愧”了。阿西君和阿贡君[1]之流是做不到的。

我想，正是因为爱在其中，所以才能做到。

玛琳·黛德丽是现实的、理性的、非感伤的，不怕孤独与死亡，但却常把love、liebe[2]挂在嘴上。她不会去分析和评论那些卓越的人、作品和演技，而是用“我爱（I love）……”去做总结。比方说，“我爱斯潘塞·特雷西”，“我爱海明威”。

与其说她是一个希望被理解的人，不如说她是一个希望被爱的人。

最近，那些脑筋开化的日本女人都盼望着被人理解，而不是被人爱。正因为如此，才变得净是些饶舌。为了让

1　日本泡沫经济时代的俗语，指并非女人真正的恋爱对象但与之维持交友关系的男人。他们通常会给女人送些财物或提供某些方便，也会在女人失恋后成为“补位”之人。“阿西”是日语“脚”的发音，“阿西君”代指用自己的汽车接送女人的男人；“贡”在日语中有经常向某人提供生活方面援助之意，“阿贡君”代指经常向女人送些物品的男人。

2　“爱”的英语和德语词。

别人理解自己，就必须提供必要的信息。越是追求充分的理解，就越是要增加信息的量。她们之所以话多，就在于她们对必须不断提供信息感到焦虑。相反，玛琳却可以随口说出“没什么可说的”。希望被爱比追求被理解更需要勇气。

近来，连一些靠表演便能充分表现自己的演员都开始写书了。饶舌的自传写出来后，连那些批评家都来赞赏，说写得赤裸裸。就连那些因为有人爱才当上明星的人，也开始追求被人理解了。玛琳·黛德丽是老一代人吗？抑或是女人中罕见的存在？抑或从根儿上就是一个自由的女人，男人们正因为如此才爱她的吗？

她在这部纪录片中说道：“我渴望爱。这就是玛琳·黛德丽。”（“I wish love. This is Marlene Dietrich.”）

我也想说上一次：“我渴望爱。这就是盐野七生。”（“I wish love. This is Nanami Shiono.”）

情话

因为回日本，我错过了观看电影院上映的《大鼻子情圣》，便借了录像带来看这部片子。这是一部由杰拉尔·德帕迪约主演的法国电影，准确地说应该是一两年前公映的。这部作品是由法国人创作的，演职人员也全是法国人。从正面切入，打造影片，感觉自己就是主人公。德帕迪约把文学史上的著名丑男子演得活灵活现。

情节是一个著名故事，无人不晓，扼要地说，是这样的。

骑士西哈诺·德·贝热拉克有一个奇丑无比的鼻子，人送外号“大鼻子西哈诺”。他爱上了貌美如花的表妹罗克珊。但西哈诺对自己丑陋的肉体感到自卑，怎么也鼓不起勇气向罗克珊表白。犹豫之间，罗克珊爱上了美男子克里斯蒂安。克里斯蒂安也一样，对罗克珊一见钟情。

西哈诺知道后很绝望。因为克里斯蒂安是个美男子，跟自己有天壤之别。而且罗克珊并不知道西哈诺的心迹，竟求他保护克里斯蒂安。西哈诺只能答应。

然而，绝世美男克里斯蒂安却无“话”可说。所谓无“话”，就是头脑和内心都很贫弱。即使面对罗克珊，他也只紧紧拥抱，不只是情话，就连一句有意义的话也说不出来，除了 Je t’aime（我爱你）以外。

于是，西哈诺便接过了说“话”的角色。情书自不待言，就连在窗前向心爱女人说的情话，都是西哈诺一句一句教给克里斯蒂安的。不，就连一句一句教给克里斯蒂安的话，他都说不顺。西哈诺忍无可忍，便躲在树后面直接自己开说。

西哈诺本来就爱着罗克珊，即使书信上签的是克里斯蒂安的名字，出自他的爱情表白也充满了真情。而且，西哈诺又很会说“话”，感情丰富，表现力强。他创作的情话，已经达到了艺术作品的高度，对女人极具魅力。而不借别人之名就不能跟自己心爱女人说话的现实，更是为西哈诺的情话增添了一层苦闷。

一连几天没日没夜地对着女人说这些情话而女人却不动心，那这个女人一定出了什么问题。于是，一出围绕着两个男人和一个女人的悲喜剧就此发生。

被“情话”迷倒的罗克珊满心以为这一切都是绝世美男子克里斯蒂安所说的。

克里斯蒂安知道，女人已然属于自己，但却不是真正的自己创造的成果。所以，罗克珊越是爱他，他的烦恼就越多。

通过为克里斯蒂安代笔，西哈诺得以把想说而无法说的情话一股脑儿对女人说了出来，但成果却全部奉献给了克里斯蒂安。这悲哀西哈诺无法排遣。他也得不到幸福。

就在这种纠结中，克里斯蒂安死了。罗克珊一心要保全对所爱之人的贞操，进了修道院。于是，去修道院探访罗克珊就成了西哈诺每天生活的轴心，当然，他是作为表哥去的。他们相谈甚欢。

这种状况迎来了戏剧性的结局。西哈诺朗读着克里斯蒂安生前写的信，没有注意到太阳已经落山。罗克珊发现，太阳落山了，信上的字该看不清了，西哈诺却继续朗读着。信是他自己写的，只是背了下来而已。

罗克珊这才悟到，自己原以为是克里斯蒂安写的、说的，其实全都是西哈诺的心迹。可是太晚了。受了伤的西哈诺听着罗克珊的表白死去了。她的表白是“我爱的不是克里斯蒂安，是你啊，西哈诺……”

某个地方有个女人，正在跟23年前的情人一起用餐。那餐厅也是他们第一次见面的地方。当时，二人并没有在同一张餐桌上就餐，但他们的餐桌都在窗边，面对着美丽的罗马广场。服务生说，年轻而有魅力的男人和女人各吃各的，上帝也不会允许，说着硬把他们的餐桌拼在了一起。时隔23年，男人选在了同一家餐厅跟这个女人一同用餐。当年的服务生已经不在了。

“23年前，你突然从我面前消失了。”男人说道。女人并没有说消失的原因。因为她遇见了一个有“话”的男人，这个男人让她发誓绝对不再与以前的男人相见。她一直隐瞒着。男人已然没有了23年前阿波罗雕像般的那种美，但肩背挺拔依旧，让人联想起他二分之一的英国血统。以前他经济实力不足，常为女友们所诟病，后来投资日本企业获得成功，与以前相比也已经成了富人。

男人40岁时结了婚，妻子前不久因患癌症去世，没有子女。女人则已经离婚，每天照料17岁的儿子，忙于工作。

这个男人对一个两眼放光开始尽享欧洲的女人而言，是最佳的伙伴。他是一个姿态优雅的美男子，礼数周全，像是剑桥毕业生。因为已经是个大富人了，他让这个女人体验了东起贝鲁特西至伦敦的豪华社会。她与这个男人的生活是夜夜在俱乐部泡到天亮。拜其所赐，那女人日后闭着眼睛都能写得好罗马夜生活。

然而，自从对这个女人提起要不要写写历史故事的话题，女人的生活发生了变化。上午在图书馆和古文书库学习，下午泡美术馆，这些成了她的日课。一直跳舞到凌晨的生活她持续不下去了。而且，越是学习，就越要思考。有思考，就想把它说出来。如此一来，这个男人尽管为人颇佳，但已经不能说是最佳伙伴了。

邂逅医大学生，正在此时。尽管他是个穷学生，但至少说得上话。而且他不是一个路过书店橱窗而没有收获的人。

时隔23年，再会后男人先开口。男人说，参加英国大使馆的派对时与日本大使馆的外交官交谈，说自己认识一个日本女人。听过女人名字的日本外交官对男人说，她是著名作家。女人的电话是大使馆告诉他的。当然是按照规矩，先给女人打电话得到许可才告知的。女人苦笑道：请便。

那天，女人要在罗马机场接从日本归来的儿子。儿子晚上 7 点半到达，所以只要掐着这个点去机场就可以。可是，下午 3 点女人就与男人告别。剩下的时间她是在机场附近的奥斯提亚海边，吹着海风一个人度过的。虽是 23 年后的重逢，但跟这个男人，这个真正充满了善意的人，聊 3 个小时也就够了。

做梦

有时候大人比孩子更需要忘掉一切做个梦。我想把《熊的故事》（*The Bear*，1988年，法国电影，导演让-雅克·阿诺）推荐给有这种需求的人。至少在一个半小时里，你的脸颊会因微笑而变得柔和，有时可能还会愉快地放声大笑。

这部电影的主角是一头小熊、一头把小熊当养子的灰色大公熊和两个猎人。伦敦交响乐团演奏的背景音乐是一流的。拍摄的雄伟的加拿大落基山脉（与英属哥伦比亚省一同出现在镜头中，可能是一回事吧）也是一流的。跟动物没有任何对话，就连人与人之间也只说非说不可的台词，这个创意也是一流的。由此可知，一流作品非得结构要素全是一流的不可。

镜头从一头正要掏筑在岩缝中的蜂蜜的母熊和身旁一头满心想吃蜂蜜的小熊开始。小熊是一头出生两三个月的小家伙。母熊不时嘴对嘴地让小熊舔食蜂蜜。

母熊过于专注寻找岩缝里的蜂蜜，晃动了支撑岩石的树，岩石松动，引发了坠石事故。母熊大概伤到了头骨，再也不动了。小熊不懂母亲已经死亡，在母亲身旁跟蝴蝶玩耍。大概是玩累了，小熊依偎着母亲的尸体睡着了。

早晨。小家伙见母亲仍然一动不动，终于独自走开了。在鲜花盛开的原野上小熊遇见了青蛙，便追逐着青蛙，扑通一声掉进了水洼。这是小家伙第一次感受到什么是水。晚上，小家伙独自睡觉。这是失去了平日里相依偎而眠的母亲的第一个夜晚。小家伙被噩梦魇住，而梦见青蛙的梦又很快乐。当然，这是对观众而言的。

镜头切换。篝火旁的两个猎人。老猎人正在剥死去的母熊的皮，年轻猎人正在专心擦拭猎枪。

早晨。小熊在盛开的花丛中四处跑动。那情形，与其说是失去了母亲的寂寞，不如说在充分享受一个人想干什么就干什么的快乐。两个猎人发现了大公熊的足迹，开始了追踪。

这时，仅次于小熊的主角——灰色大公熊登场了。其正在采食没有毒的蘑菇。吃完了饭就运动，大概是背痒了，大公熊在树上蹭背。林子里只有一棵树在动，两个猎人发现了大公熊所在的位置，从下风向向其靠近。急于求成的年轻猎人开了枪，可是只伤到了大公熊的左脚跟，让其逃走了。大公熊逃跑路上伤到了猎人营地的两匹马。年轻猎人被受了伤的马踹到，也受伤了。

小熊发现了受了伤后一瘸一拐前行的大公熊，跟了上去。大公熊吼叫着，好像在说你很烦。小熊畏缩，但仍跟在大公熊后面。对小熊来说，跟在大公熊后面是一项艰难的事业。小熊很难涉过河去，它掉进河里被冲走，然后又艰难地爬上岸。

大公熊大概是找到了药泉，进入水洼躺下，把伤口浸在水里，一动不动。小家伙靠近了。大公熊又在吼叫。但小熊仍在一点点靠近，为大公熊舔舐伤口。这似乎让大公熊感觉舒服了些。可能是出于回报，大公熊开始变温柔，反过来舔舐小熊。

傍晚，老猎人对受伤的年轻猎人说了句“去把狗带来”，就离开了。小熊大概是饿了，要在河里抓鱼，但不熟练，失败了。大公熊下到河里，抓到鱼就扔给小熊。一条接一条扔过来的鱼儿蹦跳着，让小家伙大快朵颐。

夜晚。篝火旁的年轻人。猫头鹰的叫声。有一点声音都会害怕的年轻人忍受不住这种恐惧，放了三枪。

早晨。鹿群走过。大公熊和小熊伏击它们。大公熊贴在地上靠近鹿群。小熊模仿其样子。一路跟踪，终于有一只鹿成了牺牲品。两头熊享用饕餮鹿肉，吃完后午睡，小熊依偎着养父睡觉。大概是吃撑了，小熊又被噩梦魇住。这次的噩梦，是被落下的岩石压在下面的母亲。

早晨。年轻人在子弹上刻十字，为的是提高命中率。

大公熊并不在意小熊跟在后面，有时还会回头看看，但却不是带着小熊往前走的样子。毕竟是父亲，跟母亲不一样。

途中遇到母熊。母熊朝天仰卧。大公熊试图推倒一棵树。小家伙不知就里，也试图推倒一棵跟自己个头儿差不多高的树。大公熊终于把树推倒了。母熊进到林子里。大公熊紧追其后。成功推倒了一棵树的小熊也进了树林。未成年人不宜的场面开始了。小熊不懂，但却好像知道不便打扰，在稍稍离开一些的地方等着。

可是，等的时间太长，小熊不耐烦了，发现了一个蘑菇却不知其有毒，吃了下去，眼前一黑，倒了下去。蘑菇的噩梦。下雨了，小熊醒了。养父终于从爱的行为后的睡眠中醒来，扔下母熊，走了。小家伙跟在其后面。

一直等的五只猎狗到了，年轻人的爱犬也到了。人增加到了三个，狗有六只，开始追踪大公熊。

一直让小家伙在身边玩耍的大公熊发觉气氛有变，抬步离开。小家伙在后面追赶。狗和人发现了大公熊的脚印。大公熊已经完全进入警戒状态，逃到了石头滩上。小熊在后面追，异常吃力。猎狗的吠声。大公熊立起来观察情况。小熊模仿其动作。大公熊爬上了岩石，小熊终于跟不上了，躲在岩洞里。猎狗逼近了岩洞。大公熊下来救小家伙。岩洞前，大公熊与猎狗对决。人靠过来。两只猎狗掉下去。年轻人的爱犬也摔下来，绝望了。老猎人开枪打死了狗。

小熊不小心走出了岩洞，被活捉了。小熊被拴在了营地的立柱上，跟人不驯熟，被狗追逼得攀上了柱子。猎狗感觉到了氛围，静不下来。大公熊在远处看着这一切。

人和狗都睡着了。小熊从柱子上下来，想离开，但绳子碍事逃不掉，便咬断了绳子。

早晨。人们看到断了的绳子，以为小熊已经逃跑。但小熊却依偎着死去的母亲睡着了。人们见状笑了起来。年轻人弄醒小家伙喂其奶。小熊和人也成了好朋友。大公熊在远处看着这一切。

人们出发了，要去与大公熊对决。三个人分别在大公熊必经之路的三个方向进行埋伏。大公熊在林子里看着这些，非常滑稽。就在人们设埋伏这会儿，被拴在立柱上的小家伙在营地里为了找奶罐，把行李弄得一团糟，睡袋里的羽毛撒了一地，混乱不堪。狗和马都是一脸嫌弃。已经尝到奶滋味的小家伙充满了活力。

太阳升高了，却不见大公熊现身。年轻人没有随身携带枪支，只拿着空空的水桶，去有泉水的地方。用冰冷的水从头一浇，然后发现大公熊已经来到了他身边。大公熊发出可怕的吼声。距离不到 20 厘米。年轻人绝望了，抱着头蹲下身去。可是不知道为什么，大公熊只是吓唬了一下，便转身离开。年轻人拿着枪返回这里，枪对准大公熊，却怎么也下不去手。于是他放了空枪，口中喊道：走啊！逃走啊！老猎人跑了过来，枪瞄准大公熊，年轻人却用手按住了他的枪。

人们让狗上了船，做着下山的准备。年轻人解开了拴小熊的绳子。年轻人骑马离去，小熊在不远处追着他，他朝小家伙说“回去”，喊道：“健康地活着啊，小家伙！”

写到这里，纸用完了。那就把小熊与大公熊再会前被美洲狮追杀的冒险故事，留给大家观影时享受吧。最后的镜头是相互依偎进入冬眠的大公熊和小家伙。外面，白雪皑皑。

劝享乐主义者

说的可不是下个世纪的事情。20世纪还剩最后几年了，近来却净出耸人听闻的事件。

在阿尔巴尼亚，国家已经无法运转。饥饿的民众袭击粮库，抢了里面的粮食还不满足，还把粮库的瓦片都扒下来拿回了家。粮库的消失也只是时间问题了。

意大利与阿尔巴尼亚隔着一片平静的海洋，已经过了提供资金援助和物资援助的最佳时间。为了防止难民涌到开往意大利的船上，意大利派出了军队。当然，别国军队常驻在独立国家，很是荒唐，于是还得提供援助，为荒唐的驻军造个名目。

从报知春意的复活节开始到迎来秋天的季节是意大利赚钱的时节。旅游收入对意大利国库永远都很重要，即使意大利人自己不劳动也会有进项，实在是一项令人开心的收入来源。可是从现在起，这项收入也将不得不用在应对难民的经常性措施上了。

阳光明媚的夏季，对意大利而言是噩梦的季节。夏天的亚得里亚海平静得掉进去都不会被淹死。一宿就能从阿尔巴尼亚通过这片海洋来到意大利。阿尔巴尼亚也能收看到意大利国营电视台,很多阿尔巴尼亚人都会讲意大利语，即使学校还没有毕业的人，也会只言片语。

如果他们避开海上警察把守的港口,从某些海滩登陆，进入意大利易如反掌。他们跟北非来的黑人不一样，只要洗净身体，剃去胡须，换上干净的衬衫和牛仔裤，就和意大利人没有区别了。意大利标榜博爱精神和人权保护思想，不能强迫他人出示身份证明。只有在干出什么不轨之事后才可以强制其出示身份证明，如果拿不出来，还可以强制遣返。但躲过了这些情形的人就会在意大利社会里消失得无影无踪，好似雨水被大地吸进去了一般。

对意大利不利的事情还有阿尔巴尼亚当局暗里希望这种流出。难民对他们国家也是不需要的。因为没有受过教育、没有手艺的人去了别的国家，自己就会一身轻，方便重整旗鼓。

在先进国家，哪怕死一个人都会引起轩然大波，但这种博爱精神在某些国家是不存在的。所以，人们要求先进国家要以博爱精神应对难民。谁叫你们标榜自由、平等、博爱呢？谁叫你们因此把自己表现成貌似更高尚的民族呢？

完全正确。我们唯一说得出口的就是“请你们也劳作，就像我们一直所做的那样”。可是，近半个世纪以来，他们唯一经历的就是劳动果实消失殆尽。对他们这样说教又会有多大说服力呢？

一切都是黑暗的，时代总是不确定的，但20世纪最后十年不确定度有点太高了。

不过事实上，正因为是这样的时代，反倒可以制定出新的方针。只不过这个问题要看你是否处在有资格做决定的地位上。

制定政策，与其说靠的是有没有能力，不如说靠的是有没有资格。我们不是没有能力决定一个国家的方向，只是不在有资格做决定的地位上。在写马基雅维利的生平时我深切地感到，那就是一出有能力却没资格制定政策的人的悲剧，尽管马基雅维利自己也说过没有武器的预言者终将灭亡。而所谓武器，就是权力。

有一个人与马基雅维利是同时代人，但人生却与这个高贵的失败者迥异。他并不是失败者，他一生忠于自己，因而人生也与马基雅维利同样高贵。

“伊壁鸠鲁学派”在日本被译成了“快乐主义者”“享乐主义者”。被认为与之相反的“斯多葛学派”则被译成了“禁欲主义者”“克己主义者”。这样的分类实在过于简单。在这两派哲学盛行的古罗马时代，斯多葛主义者都是那些选择把全身心奉献给运行共同体和国家的人，相反，伊壁鸠鲁主义者则是那些把充实个人生活当作重点的人。

实际调查了这两派思想的体现者都有谁以后，我越发强烈地感到，他们之间不是能力差异，而是资格差别。当然，跟马基雅维利一样燃烧着一腔爱国热情，即使没有资格但也奉献了一生的人，不论哪个时代都是存在的。

我认为，人生在世，做一个个人主义者——享乐主义者，也不失为没有资格决定共同体未来的人，活在不确定时代且要活出丰硕成果的一种选择。要彻底贯彻“伊壁鸠鲁学派”，把人生变得既不是单纯快乐的也不是单纯享乐的，而是禁欲的、克己的，这非常难。莱昂纳多·达·芬奇的一生就是这样的。

以前我曾经考虑写一写达·芬奇的一生。不是要写达·芬奇这个人的传记，而是打算把创作者达·芬奇的每一天与迷乱社会中的诸多事件结合起来写。因为我想写一写没有资格改变不确定现实的人如何创造出了确定的作品。

之所以不得不放弃这个想法，也是因为要写的人是莱昂纳多。他和米开朗琪罗不一样，他采用的创作方法不是完成一件作品后再进入下一件的创作，而是东一榔头西一棒子，但又不是为了变换心情或是因为感到腻烦。这实际上似乎是一种遵循着达·芬奇式逻辑的行为。要想理解这一点，就需要一一解读他画在书页上乍看上去毫无关系的小草图。达·芬奇不是用文字表达自己思维变化的那类人，而是用绘画和草图“讲述”的人。如果是文章，我大概可以设法读懂，但解读草图则远远超出了我的能力范围。我只能断念。

尽管如此，我已经把莱昂纳多说过的一句话变成了自己的，并珍视至今。

“充实的一天过后会有畅快的安睡，充实的一生过后会有安然的长眠。”

这是利己的个人主义者自鸣得意的“变脸宣言”。而且，历史似乎总会在一个时代结束的时候为我们创造出几个禁欲的、克己的享乐主义者。

■ 玩心

也有人会来对我说："我是盐野女士的热心读者。"应该说是"盐野女士作品的……"但却没有这样说，这倒是意味深长了。于是我回答道："非常感谢！"不过，稍微多聊几句，我便估摸出对方是什么程度的热心读者了。

第一种人是知道我的名字，"热心阅读"过我在报纸杂志上刊登的小文。我另外有一部作品叫作《写给男人们》（中文版由中信出版社出版），意外畅销，结果一年便卖掉了一般需要 20 年慢慢销售才能达到的数量，到了该纳税的时候，我脸都发青了。读这本书的人也属于这一类。

第二种人说起来是作品选择主义者。这些人只"热心阅读"社会上认为是盐野七生代表作的作品，而不是我这个作者所认为的代表作，比如《海都物语》和《我的朋友马基雅维利》这类部头相当厚，读起来很吃力的作品（写书的本尊都认了，吃力肯定是真的）。不过，它们有一个共同点，都是文学奖获奖作品。这就是说，他们只“投资”社会评价已经固定的作品，用股票行话说大概就是只购买绩优股。

可以想象，属于这一类的“热心读者”总体看也许是聪明而忙碌的人居多，所以会将我在《远见》上的连载归于“写得很轻松”之类，不但连载时不读，成书后也不会去买。总之他们都是厌恶“浪费”的人，我也没辙。

第三种人是我写的东西全部都读的人。人数肯定不多，但我有时也会遇到。尽管对他们或她们我也会同样道声“非常感谢”，但回答时的语调应该会变得很温柔。因为我会感到他们与我精神步调一致。

其实，这类人会说，“七八年前就知道您会写这个人物了”。他们对我说，按照我的创作顺序读下去，就会读懂我的兴趣将要朝向哪里。他们还说，一旦我不再触及某些人物、事件之类，他们就会觉得我正式动笔写这些人和事的时间临近了。我有个习惯，对自己关心的人和事，会在作品中到处蜻蜓点水地写，算是热身。不过过了某个时期，这种做法就会自然而然地停下来，因为我不想降低正式写作时的新鲜度。他们竟连这点都看透了。

我当然懂，既然把持续写作当成了职业，那么一味向第三种人邀宠就会有掉进唯我独尊陷阱的风险。我也懂，因为社会上的评价与我自己的评价大差不差，所以尊重绩优股主义者是很重要的。而且，弄得好的话，第一种支持者再增加一些最好不过了，但不要多到让我在纳税季脸发青的地步。

不过尽管如此，我仍然认为，只有第三种人才真正配得上热心读者之名。书籍对应热心读者，电影便是粉丝。

说到电影，我是作品选择主义者，当今演员的榜样罗伯特·德尼罗、杰克·尼科尔森、达斯汀·霍夫曼三人自不必说，就连理查·基尔、凯文·科斯特纳、肖恩·康纳利都在其列。如果作品拙劣，即使在电影院我也会中途退场，即使录成了录像带，我也会抹去。哪怕是我喜欢的男人类型如罗伯特·雷德福、基思·卡拉丹、丹尼·德维托和基努·里维斯，我也不会疯狂到他们的电影公映的第一天就冲到电影院，电视播映就放下一切去录像。我就是个作品选择主义者。

除了加里·库珀，因为他已经去世，我不能再像个疯子一样奔去电影院，但只要电视里播映他的作品，不论作品好坏，我会全部录成录像带。哪怕当天有其他事情不在家，我也会命令儿子完成录像。

整个就是一个词：疯子。就连他仅仅出场 2 秒的《好莱坞女郎》，都进了我的录像馆。我曾经对一个来托我写电影作品推荐文章的进口影片发行公司的人说：如果你能帮我找到《风尘双侠》的录像带，我可以为你做一切。可是至今都没有实现。我想，要么就是这部作品的录像带根本就不存在，所以在日本、意大利都见不到，要么就是不认可盐野七生有求必应。二者必居其一。

我 12 岁那年就是他的粉丝了，如今已有年头了。粉丝当到如此地步，即使不说精神步调与他一致，但某个时期他的内心世界我还是能够想象出来的。这样一来，社会上一致评价为烂片的作品，哪怕我也有同感认为是烂片，那片子也会变成让我愉悦的烂片。典型的例子就是日本片名译为《无家可归者》，原作片名为《绿林豪侠》（*Along Came Jones*）的作品。

这部作品是库珀 44 岁那年上映的，是他第一次也是最后一次自主拍摄的作品。演员自己成立制作公司拍摄影片一般分为两种情况，要么是想创作电影公司不同意其拍摄的有良心的作品，要么是把以前交往的职业精英和朋友全部动员起来拍摄肯定能赚钱的作品。

可是，这部作品不属于这两种中的任一种，还被起了一个《无家可归者》这样完全没有吃透内容的日本片名。但凡看了这部影片的人都会哄堂大笑，荣登当年十大票房影星排行榜第二名的库珀主演，所有制片人都不屑跟他合作的原因也就理解了。因为这部作品就是演员库珀的嬉戏模仿之作。

主人公的名字很扯，叫梅洛迪・钟斯，是个无家可归的流浪汉，射击不行，手劲不行，骑马也曾从马上摔下来昏死过去，喜欢唱歌却是个拙劣的外行，是一个干啥啥不行的汉子。影片讲述了一起因为他名字与专抢驿站马车的强盗、杀人犯蒙特・贾拉德名字首个字母相同而引发的骚乱。他非但没有起来抗击坏人，反而到最后都一直是一个窝囊废。与他演对手戏的女主角反倒气量好，射击本领也远在他之上。最后他与女人的结合完全是传统库珀式的，但这种结束方式预示了他们妻管严式的婚后生活。剧本也是为本片而作，肯定在极大程度上反映了制片人及赞助人库珀的意思。

如果导演是梅尔・布鲁克斯之辈，还是能拍出戏仿作品中的杰作的。可是 1945 年，梅尔・布鲁克斯才 18 岁。

所以这部影片变成了彻底的烂片。

听说票房也是惨败。在我看来，这部作品在拍摄时，一开始就没有打算在商业上获得成功。别的不说，制作预算之低廉一目了然。布景粗糙。著名演员除了库珀以外只有洛丽泰·扬。导演也名不见经传。与柯克·道格拉斯制片并主演的《斯巴达克斯》不可同日而语。肯定是 40 多岁的库珀想饰演一次自己从未演过、以后也一定不会再演的弱渣男。他把在以前作品中演得帅帅的镜头丑丑地演了出来。

要体验这种愉悦，需要欣赏未经剪切的影片。与在日本放映时的录像相比，日本版中有好几个忍俊不禁的镜头被剪切掉了。编辑一定是个具有发行公司的良心、害怕粉丝看了失望而脱粉的人。他们不知道，库珀的魅力之一正在于他的幽默。

舞会的名册

父母来到意大利，我没有带他们去罗马、佛罗伦萨、威尼斯，而是先问他们想去哪里。他们异口同声地答道想去科莫湖看看。对于大正民主[1]那代人来说，《舞会的名册》肯定是难以忘怀的电影之一。

从我的少女时代起，父母就逼我看他们认为好的电影，完全不管是否适合儿童。所以，这部影片我也看过。只是这部片子于 1938 年在日本首映，我怎么也没到可以看电影的年龄，是战后再次上映时，父母带我去看的。

不过，我觉得不管孩子懂不懂都去强迫他的做法并不

1　日本于大正年间（1912—1926）推行了许多符合现代民主概念的政治体制与政策，称为大正民主。

坏，因为拜此所赐，到了“懂”的年龄，我可以回忆起来了。每次在录像店货架上发现这些陈年影片时，我都会毫不犹豫地买下。

居住在意大利北部科莫湖畔一座城里的克里斯蒂安的丈夫刚刚去世。她与丈夫年龄相差很大，既没有孩子，生活中也没有心灵上的亲密交往。在过去生活中，她一直认为这是天经地义的，但丈夫死后，她第一次对这个“天经地义”产生了疑问。

朋友劝她出门旅行。一开始她并未响应，认为这是“漫无目的，又没有人等待着自己的旅行”。但有一次，她偶然发现了一本记事本，看后便下定了决心要出门旅行。记事本上记着16岁第一次参加舞会时对她耳语说爱她的男人们的名字。

旅行的目的有了，那就是20年后一一造访名册上记着的那些男人。当然，男人们是不是一直在等她另当别论。

她第一个造访的是如果还活着应当是44岁的乔治。可是，迎接克里斯蒂安的是乔治的母亲。母亲说，得知克里斯蒂安订婚后，乔治用手枪自杀了。从此母亲疯了，拒不接受儿子的死。

第二个是曾经喜欢张口就来几句魏尔伦[1]的诗、头脑清晰的法学学生皮埃尔。她造访的是一家夜间俱乐部，皮埃尔是这里的老板，人们叫他佐，本行是抢劫恐吓团伙的头儿。他在律师的职业生涯中栽了跟头，犯了罪，好在有律师经历，懂得法律。尽管如此也没能骗过警察，他在克里斯蒂安的眼前被带走了，留下了一句话："现在被带走的是佐，不是皮埃尔！"

第三个是20年前初露头角的作曲家阿兰。克里斯蒂安造访的是一家修道院。往日的阿兰已经变成了多米尼克神父，在这里指导一个穷孩子合唱团。之所以从一个前途可期的、初露头角的作曲家变为一个修道僧，是因为没有得到克里斯蒂安的爱，以及年轻时生的儿子死了……

接下来克里斯蒂安造访的是阿尔卑斯山麓的一个山间小屋。20年前很有女人缘的埃里克，现如今当了登山向导，跟女人绝缘了。

都是自由之身，二人之间开始心灵相通。但就在埃里

1　保罗·魏尔伦（Paul Verlaine，1844—1896），法国象征派代表诗人，他的诗以优雅、精美及富于音乐性著称。

克出门救助遇难者后，克里斯蒂安留下一封信离去了，信里写道：“无法把你跟大山分开了……”

不过，我想我懂她。埃里克与大山的关系之深并不是她离去的原因，男人对她的倾心只是对过去诸多女人中造访他的那个女人的感情而已。这在读了留下的信后一撕了之，连追都不想追一下的埃里克身上表现了出来。他弱爆了，做不到跟她一起下山，在湖畔重新开始。

第五个造访的是弗朗索瓦，巧合的是那天是他再婚典礼的日子。

弗朗索瓦曾经的梦想是当国会议员，当大臣，20 年后的现在，却是一个乡下小镇的镇长。原来说要过拥有很多女佣的生活，现在却正要跟女佣结婚。

不过，这个肥胖的中年男人在方圆 80 千米范围内是个名人，唯一的烦恼就是养子的胡作非为。不过，全镇的人是爱戴他的。尽管妻子是个乡下人，原来是个女佣，但她人好。在她面前生活不用虚张声势。这也是一种人生的幸福了。克里斯蒂安悄然地离去，脸上泛出了微微的苦笑。

她第六个造访的是 20 年前自信满满的医生提埃里。他家房子外面工地上的噪声让人上火。他走遍了亚洲和非洲的殖民地，人生方向紊乱，堕落成了一个非法的堕胎医生。他憎恶跟自己同居的女人，却又做不到分手。他甚至把来访的克里斯蒂安错当成了偷偷来堕胎的女人。

在他知道来人是克里斯蒂安后，在他知道她来访的目的和她伸出的援手后，他打算要为以前荒唐的人生画上休止符。但他试图画上休止符的愿望，只能用手枪杀死同居女人才可以实现。

此后，克里斯蒂安造访了自己出生的故乡小镇。名册上记有名字的法比安现在仍在这个镇子上开美容院。他婚姻幸福，有个女儿，说是给女儿取了一个和克里斯蒂安一样的名字。他用扑克牌变魔术的爱好还跟过去一样。

这个法比安约她去当天晚上在镇上举办的舞会。美容师说舞厅还跟过去一模一样，但在克里斯蒂安看来却只是破落乡下小镇上的一个厅而已。不过在那里，她邂逅了一个当天晚上第一次参加舞会的 16 岁年轻姑娘。在年轻姑娘的眼睛里，这个破落乡下小镇上的厅，就是吊灯华丽、灯火辉煌、纱帘飘曼的大殿。克里斯蒂安在这个姑娘的身上找到了 20 年前的自己，觉得自己在科莫湖畔驰骋梦想时的实际身影第一次出现在眼前。

回到了科莫湖的家里，有朋友告诉克里斯蒂安唯一没有消息的热拉尔的住处。他住在科莫湖对岸。

历访男人，克里斯蒂安得到的只有苦涩回忆，回到自己的家，她已经失去了探访下去的心情。但她还是下了决心，乘船前往热拉尔的住处。满头金发、个子高挑、理性睿智的热拉尔是她未能忘怀的唯一男人。可20年间他就住在对岸，却不曾再见……

渡过湖来，来到一座巨大的宅邸前面。宅前有一片美丽豪华的花园。喷水池边坐着一个青年，克里斯蒂安一见便下意识地喊出了名字："热拉尔！"酷似往日热拉尔的这个青年扭过头来，寻声望去，答道："您在叫我父亲吗？他已经去世了。"他接着说，这所房子也过到了别人手上，今天是最后一天，必须离开了。热拉尔的人生恐怕也很苦吧。

到了这一步，普普通通过了半辈子的女人大概谁都会这么想。现在没有女人会在16岁时订婚，所以，回忆过去的年龄，需要在36岁的克里斯蒂安身上再加10年。这样一来，男人们的年龄该是50多岁。如果昔日的女人时隔30年来访那些已经看到人生尽头的男人……

男人们回忆起青春会留恋呢，还是会困惑呢？

《舞会的名册》就是得原封不动地放进抽屉里的东西。

这部影片的结尾，却是克里斯蒂安开始照顾酷似自己最爱之人热拉尔的青年杰克，宛若母亲或伯母。我不知道还有这种办法。我想，与其在男人们的身上追寻过去的影子，这样做倒是潇洒的选择。

实力与品格

前不久，战斗在反黑手党最前线的法官法尔科内在经过一段高速公路时被炸身亡，杀人手法十分夸张。

黑手党的起源及其在第二次世界大战后的发展，我在《意大利来信》中一篇题为《黑手党》的文章中写过，这里不再赘述。不过那本旧作发行于 1972 年，创作的契机是检察官斯卡廖内[1]暗杀案。据说该案是西西里暗杀司法人员第一案。在这 20 年间，杀害司法人员并被认为是黑手党所为的案子数量不知道攀升了多少。我想，应该不下

1　斯卡廖内（Pietro Scaglione，1906—1971），意大利地方法官，曾任西西里岛巴勒莫的检察官。他长期与黑手党做斗争，1971 年与其司机一同遭到黑手党谋杀。此案为第二次世界大战后意大利发生的第一起针对地方法官的谋杀案。

20起。20年前，黑手党的势力范围在西西里岛西部地区，可是如今不仅覆盖了西西里岛全境，而且覆盖了意大利南部的卡拉布里亚、普利亚，甚至覆盖到了以那不勒斯为中心的坎帕尼亚地区。尽管各地方叫法不同，但个个都是非法组织。而且，所有这些都是从脚底开始麻痹意大利的难治之症。

所以，这些想起来就胃疼的事我根本不想写。但是，有一件事刺激了我，那就是调到罗马的司法部工作后，法官法尔科内每个周末都要回巴勒莫，而且成了习惯。

他生在巴勒莫，长在巴勒莫，直到60岁被杀害为止，所有岁月都在与黑手党做斗争。每个周末回老家的习一贯多么危险，他当然了然于心。不知道为什么，黑手党从不在自己的势力范围之外犯罪。我觉得要想杀他，在大都市罗马要容易得多，但黑手党可能有自己的仪式。司法部内部对是否要新设一个黑手党综合对策局争论不休，而舆论一致认为，司法部第三号人物法尔科内将出任该局局长。然而，在一个星期六的傍晚，连接巴勒莫机场与市内高速公路的桥下被安放了大量炸药，杀害了他和同行的妻子及担任警卫的三名警察。

据说罗马起飞的航班时刻表是保密的。但是，这种事情只要布置“鼹鼠”盯着就能搞清楚。爆炸肯定不是定时炸弹，而是遥控的。法官法尔科内对这一切了如指掌，但却为什么每周都要有规律地回老家呢？

我的儿子说，西西里人忘不了故乡。他每年夏天都在其父亲领地所在地西西里度过，当然有很多西西里的朋友，既有拥有大片土地的农庄经营者的儿子，也有渔民的儿子。我儿子说，这些孩子长大后只要还有口饭吃，就不会离开西西里。

我儿子生在佛罗伦萨，长在佛罗伦萨，有一半日本血统。他说自己并没有他们那样的执着之心，但懂他们的心情。

然而，西西里一直被黑手党祸害。为什么西西里人不积极行动起来，把西西里搞好呢？正如俗话所说的改变世道，光靠部分热心人做不到。我之所以想再看一遍电影《豹》，就是觉得影片里有这方面的答案。

卢奇诺·维斯康蒂导演的这部影片是 1963 年上映的。作者是西西里的名门贵族，只写了这部以自己爷爷为原型的作品就去世了。背景是 19 世纪 60 年代的西西里，写的是意大利统一时期一个公爵家族的故事。

光写一下情节，这篇稿子就会拉长十倍，所以此处略。

这部电影片长达 3 个小时。所以，有时间请租来录像带慢慢看。这部影片发人深思，会让你感到像是读了一卷书。

这里我只谈谈自己心里记挂着的事。影片有个镜头，一位从意大利北方都灵来的人物当面说服公爵，请他当一名统一后的意大利的国会议员，说：统一后的意大利需要您这样对剧烈变化的时代有冷静的认知、德高望重、决不染指肮脏行为的人。

公爵拒绝了，说自己跟过去牵连太多。但都灵人没有放弃。这个意大利北方人说："公爵阁下，您比任何人都了解改善西西里民众悲惨状态的必要性。为此，您应该成为上院议员，积极参与国家的创建。这是意大利北方人民的意愿。"对此，这个南方意大利公爵回答道："西西里不会变。西西里民众自己不愿意变。在漫长的 2500 年间，西西里一直是其他民族的殖民地，民众尽人皆知，不管谁来统治，状态都不会改变。"

都灵人仍紧追不舍地说，只要像您这样的人，您所属阶层的上等人不抛弃消极的态度，那么替代你们成为统治者的必将是下等人。

公爵对此也有同感。他也认为，如果狮子和豹子离开，一心只想利用人性弱点、中饱私囊的豺狼一定会来，但他却不想成为狮子和豹子来阻止豺狼的崛起。他大概认为，自己是威风的狮子、威风的豹子，只能威风地离去。公爵推荐了一个人代替自己。这个人靠着管理公爵的领地积攒起财富，一看就是一个豺狼型的下等人。他有钱，是一个八面玲珑的暴发户。

专程从意大利北方来到南方的西西里，尝试劝说公爵的新政府官员回去了。他没有接受公爵的推荐，也放弃拉公爵出山进中央了。

这个故事过去了 100 多年。西西里一如公爵所预测的那样。

统治阶级没有消失。只是那些仪表堂堂，从打扮到脸庞都看得出是不同人种的人不能再办华丽的舞会了，巴洛克建筑的豪华宅邸也因不能多用用人而正在坍塌。然而，失业者并没有消失。跟长工相比，到工厂当工人才是人的活法这种观念已经普及，没有人再当用人了。可是，工厂又没有人能够负责任地进行高效率的建设性运营，即便有，也逃不过黑手党的威胁，所以不能形成工厂吸收失业者的局面。

这就是说，什么都没有变化。可怕的是，想改变一切，最终却什么都没有改变的状态，现在已经不独存于西西里，已经成了意大利南部的普遍现象，已经发展成靠一部分人的热心根本无法改变的状态了。

法官法尔科内是州府官员的儿子，出身中产阶级，由于工作的对象是黑手党，连孩子都不能有。我望着他生前的照片，心里在想，西西里按错键的起源，原本就是《豹》里公爵那样的西西里人没有积极担任公职。难道不是吗？假如当时狮子和豹子在第一线尽力，不就能阻止豺狼的崛起吗？！

人分两种：一种是宁死不做某事的人，另一种是轻易就做某事的人。这中间的差异既不是阶级差别，也不是教育程度的高低；既不是年纪的差别，也不是男女的差别。我想，这是一种可称为格调（style）的差异。用日语说，大概就是品格了。一旦忘记品格也能成为一种实力，那么社会就会立刻被豺狼和鬣狗所充斥。

■ 性感

我记得，第一次看意大利电影《夏日的暴风雨》还是在上高中的时候。影片讲述了一位威尼斯贵族妇人爱上一个奥地利军官的故事，背景是水城威尼斯。我像普通小女孩一样,看得心荡神驰,但什么也都没看懂,什么也没感觉。

不久以后，我去意大利留学，才知道《夏日的暴风雨》的原版片名是*Senso*。如果按原来标题直译，应该译成“性感”才对。肯定是译者认为译成“性感”会被误会是色情片，才翻译成“夏日的暴风雨”的。影片主题是成熟年龄的女人爱上了年轻美男子，所以译者就把成熟年龄的女人比作“夏日”，把向这个女性袭来的不义之恋比作了“暴风雨”。

话虽如此，当我把日本的译名《夏日的暴风雨》告诉了影片导演卢奇诺·维斯康蒂时，他温和地笑了，可见改片名并未引起其不快。不过，看完维斯康蒂的作品，我坚信如果是他本人，一定会把日本片名定为《性感》的。为什么这么说呢？因为在电影编剧中，没有人比维斯康蒂更执着于性感的人了，也没有比他更能出色表现性感的电影导演了。

听到“性感”一词时，日本人一定会联想到肉体性爱。可是所谓“senso”，也有“sense”（感觉、判断力）之意，译成性感，倒不如译为“感能”（感知能力）更贴近原意。[1] 因为 senso 就是感知的能力。

感知能力既是感知肉体快感的能力，也是品香的嗅觉能力，更是对衣裳摩擦声和蕾丝花边摆动等的细腻感受能力。能感觉到余晖映衬下的海面很美，也是人的“感能”使然。

男女的肢体美；美丽的肢体在身姿变化中表现出的举止之优雅；灯光透过灯罩变得柔和，映照在肌肤、衣裳、宝石上，使它们的形状、颜色变得比原来更加可心；别人投来的仇恨目光；感受到了却还要假装没有感受到时的内心微笑；夜幕里伴着某人——一个美丽的“恶魔”——走

1　性感一词的日语原文为“官能”，与“感能”的发音相同。

在石板路上时的心跳。

所有这一切都是“senso”。这种“感能”的顶点便是恋爱。人一旦恋爱了，就会对一切敏感起来。以前根本不去注意而放过的东西、根本没有感觉的事情，一旦坠入情网，瞬间就会看到，就会感觉到，宛如刚刚发生。因此，恋爱是盲目的，但同时也会把我们变成再精巧的眼镜和助听器都无法追踪的存在。于是，肉体的快乐，只不过是肉体所有部分都在敏感地感受一切刺激并做出反应的人类的再当然不过的归结。

威尼斯是作为海洋之都繁荣起来的。威尼斯共和国被拿破仑占领过，拿破仑倒台后，又被奥地利哈布斯堡王朝统治。影片就是以这个时代为背景的，属于电影界俗称的古装剧那一类电影。不过，维斯康蒂需要的正是这样的时代。乔治·阿玛尼西装大行其道的时代，对表现他心目中的“性感”是不合时宜的。

为什么呢？就像前面解释过的那样，所谓“senso”，是一种即使没有也与人类的生存无关的事情或现象。尽管如此，在《夏日的暴风雨》中，奥地利军官的华丽军装，不可能不体现出女性身段举止之优雅的长晚礼裙，无法骑马乘车而只能徒步行走的威尼斯街道等，都是非常重要的要素。这一切，维斯康蒂都进行了执着的描述，就跟描述两个主人公的恋情一样。

守身如玉、成熟的伯爵夫人，坐在歌剧院二楼贵宾席上，第一次看到站在正下方观众席里的年轻军官。奥地利年轻军官也看到了夫人。散场后，意大利贵族夫人和奥地利年轻军官二人漫步在夜色笼罩下的威尼斯街头。

二人散着步，都希望尽量迟延到达目的地的时间。威尼斯的深夜比任何城市都适合散步。街道上没有车辆，没有其他行人。运河的水静谧流淌。石头铺满了整个城市，不用担心会弄脏鞋子和衣服。架在运河上的桥是拱形的，跟一直走在平坦街道上不一样，让漫步也富于了变化。二人边走边聊，过狭道时肩膀挨着肩膀。来到广场，二人围着逢广场必有的古井井台走。舞台永远是完美的。而且，柔和地照耀着舞台和两位出场人物的照明，跟威尼斯全城的地面铺装一样，自古以来都是欧洲天字第一号。不然，就会存在有人不小心掉进纵横市区运河的风险。

那夜以后，夫人没有掉进运河，却坠入了爱河。美男子演员法利·格兰杰在巅峰期扮演的就是这个奥地利军官的角色。军官的军服使他的美臻于极致。扮演恋上年轻美男子的夫人的是阿莉达·瓦莉。在意大利电影界，她是一个无害无益的纯情可爱型女演员。说起来，她是一个把早先的若尾文子[1]之路一直续下来的女演员。她是靠《夏日的暴风雨》中贵族夫人这个角色才成为一位名副其实的著名女演员的。她出色地演绎了一段姿色已过巅峰的女人自我毁灭的恋情。

我等会想，就那一夜便打住该多好。然而，夫人的每一天从那一夜开始都发生了巨大的变化。

她变了，变得天天都在追他，每天心里想的只有他。

然而，法利·格兰杰饰演的美男子军官是一般所说的那种不诚实的人。拜他所赐，女人不得不忍受各种各样的屈辱。既要忍受来自他军官同僚们冷淡嘲讽的目光，又要忍受恋爱对象的，该叫这什么呢，叫忍受钱财勒索，或者叫赠送钱财带来的心灵不安……她不得不体味这种悲哀的心境。

如果仅此而已，那就只是一个恋爱的赢家和输家的单纯故事了。然而，维斯康蒂并不是一个满足于描述如此简

---

1 若尾文子（1933— ），日本女演员，曾获得多个日本电影奖项。若尾文子从饰演令人怜爱的少女角色开始成长为肢体型的著名女演员，被媒体称为“性感女优”。代表作有《祇园歌女》《赤线地带》等。

单故事的导演。他描述了付出心灵、肉体、金钱和物质后，付出的一方因为付出而产生了心灵负担，同时，接受的一方也产生了负担。伯爵夫人变了，年轻军官也变了。

我想，年轻军官在被夫人所恋所爱之前，作为一个开始衰退但荣誉仍在的大帝国的精英，靠着军人气宇和年轻英俊在众多女人中是博得了浪名的。而他却因这个浪名，一直就是一个相当平庸的军官。可是，如此轻易地就得到了许多财物，这让他把以前一直压抑在内心里的东西暴露了出来，恰似一直包裹在华丽军服之下不为人见的松弛的肉，脱去军装之后赤裸裸地暴露在人前。

男人憎恶自己暴露出来的丑陋，于是，憎恶造成这种情况的女人也就是时间的问题了。最后，女人告发了用自己所赠金钱收买医生而成功开了小差的男人。结果，男人被枪毙，女人发了疯。

男女主人公的祖国不同，一个是奥地利，一个是意大利，但都是正在衰落的国家。我有时在想，所谓 senso，即对一切事物反应敏感，会不会是上帝只惠施于正在衰退的民族的一种优雅的死法呢？

顺便说一句，卢奇诺·维斯康蒂出身于从中世纪起赓续至今的名门贵族，是个同性恋。

柔情似水

不伤害自己爱的人和亲的人，就谈不成恋爱吗？

很多人认为，只有像前进的马车轧过路上的所有障碍那样不顾一切向前冲的恋爱才是真正的恋爱，其他都是妥协的产物。

然而，人生中的这种妥协真的如此值得鄙视吗？有人不喜欢闹哄哄地活着。也有人根本做不到伤害自己爱的人和亲的人。

《明年此时》（*Same Time, Next Year*，1978 年，美国）这部电影，讲的是一对男女没有伤害自己爱的人和亲的人而谈成恋爱的故事。不过，之所以能够做到这一点，是因为他们每年只在一起一次，时间只有 24 小时。从某种意义上来讲，这场恋爱的成功，也是极度压抑的产物。

日本没有引进这部影片。该片的主演是阿伦·阿尔达和艾伦·鲍斯汀。他们二人是舞台剧出身的不起眼的演员，就连导演罗伯特·马利根也被贴上“不卖座”的标签。这很遗憾。出演者几乎只有这二人，舞台也设在海边那些平房小旅馆里。这是一部典型的制作成本低廉的影片，然而成色却很好。最要紧的是，它能让我们深思两个成年人恋爱中的诙谐、悲伤和柔情。

1951 年的一天黄昏，一个男人和一个女人先后来到加利福尼亚州的海边小旅馆，故事从这里开始。

男女年纪都不到 35 岁。他们在这种小旅馆必备的餐厅里用晚餐。当然，素不相识的二人在不同餐桌用餐。没有其他客人。无意间二人四目相对，举起叉着肉片的餐叉，逗乐似的互相打了招呼。餐后喝咖啡。男人端着咖啡杯走到女人的餐桌前。喝着咖啡，二人聊了起来。男女双方都在认真倾听对方说话。他们聊得起劲。二人坐到了火炉前面的沙发上，手中端上了酒杯。二人相谈甚欢，又都注意倾听对方讲话。后来他们成了从心灵相融走到肉体相融的男人和女人。

翌日清晨，男人醒来看到睡在身边的女人，这才想起昨晚发生了什么，于是匆匆穿衣。女人也醒来了。男人说："好极了，昨晚发生的事我不会忘记。可……"

背叛妻子的罪恶感折磨着他。男人说自己的职业是会计师，每年这个时候都会来这里为在附近经营葡萄园的朋友做账，每次都会下榻这家旅馆。自己有 3 个孩子。

女人是家庭主妇，18 岁结婚，生了 3 个孩子。每年这个时候，她都会去附近一家修道院附属养老院探望自己的婆婆，这已成为惯例。她俗气的穿着表现出那个时代普通美国妇女的形象。

总之，二人都有配偶，却相互诉说着对配偶不能说的话。

男人："能这样坦率无间，多么难得啊！"

女人："能和你无所不谈，真不可思议！"

画面一转，镜头连续打出黑白照片。麦克阿瑟，杜鲁门，弗雷德·金尼曼导演的《乱世忠魂》，艾森豪威尔总统，麦卡锡参议员，《正午》的加里·库珀，玛丽莲·梦露，詹姆斯·迪恩。接着，画面映出"1955 年"。

二人庆祝一年一度的幽会 5 周年，都穿着与年龄相符的黑色晚装。女人连衣裙的上半部分贴身收紧，领口大开到胸部，裙摆也华丽蓬大。这种玛丽莲·梦露的款式有些怪异。她的发型也是梦露式的，一头金色短发，很漂亮。

二人身着盛装在附近的餐厅共进晚餐。资产阶级式的奢华反映了当时美国的富裕。二人年年都来，餐厅老板看他们脸熟，也送上了热情的问候。二人优哉游哉地用餐。因为肉体相互需要。

回到旅馆的二人，每次都一样，把一年里发生的事情悉数道来。孩子们的事情、各自配偶的事情、好事、坏事，一切的一切。

男人说："过一个没有任何牵挂和责任的周末，多么惬意呀！"

但是，有时也会有争吵，不过那只限于觉察到内心深处罪恶意识的时候。最终二人总会言归于好，为了这一年一度的 24 小时。

镜头再次转换，仍是黑白照片。格蕾丝·凯利的婚礼，猫王主演的电影《铁血柔情》上映期间电影院华丽的霓虹灯，吹着小号的路易·阿姆斯特朗，民主党推出的总统候选人阿德莱·史蒂文森，访问美国的赫鲁晓夫，首次火箭发射，风靡的呼啦圈，服兵役的猫王，当选的总统肯尼迪。接着，画面弹出字幕"1961 年"。

先到旅馆的男人在和母亲通电话。母亲让他"治治阳瘘”，他跟母亲打哈哈。然后男人更衣，换上讲究的室内便装和绢丝的睡袍，当然是为了女人到后不浪费时间。

女人到了，可她已有8个月的身孕。男人的情绪旋即镇静下来。他们照例像往常一样，聊着聊着欲火燃起。女人说了句“那好吧”，二人便一起向床边走去。女人突然感到孩子要生了。男人着急忙慌地找医生。当知道已经来不及的时候，男人下了决心，道：“不用担心，让我来！”

画面再次切换。佩里·梅森，《西区故事》，马丁·路德·金，肯尼迪总统遇刺，披头士，还有越南。

1966年。男人在女人抵达之前喝着威士忌。已经当上经营顾问的男人一身高管打扮。女人到了，却摇身一变成了印第安风格的嬉皮士。她说她考上了大学。使用的也净是些还没吃透的左派词语。二人的聊天当然提不起劲儿。当听到原来投票给史蒂文森的男人这次把选票投给了戈德华特时，女人雷霆震怒。不过，政治立场不同引发的争论很快化解了。因为男人说儿子在越南战死了。女人哭泣。看到女人流泪，刚才还说“我只感到绝望和愤怒，欲哭无泪”的男人开始哭泣，而且是号啕大哭。

画面上映出的照片是反对越战的示威游行，《雌雄大盗》，两名在奥运会颁奖台上挥舞拳头的黑人选手，《午夜牛郎》，阿波罗号登月，吸食大麻的年轻人，尼克松总统访问中国。接着画面上的数字是“1972 年”。

变身为实业家的女人和辞去经营顾问去俱乐部弹钢琴的男人。女人身着豪奢风格的连衣裙。男人穿着短上衣。男人说现在正在看精神分析医生。尽管已经迎来了第 21 年，但他们无话不谈相互需要对方肉体的关系依然没有改变。

尼克松因水门事件而辞职，斯皮尔伯格导演的《大白鲨》，卡特总统，《洛奇》，猫王去世，卢卡斯的《星球大战》。接着画面是“1977 年”。

二人着装稳重。男人在大学讲授会计，女人说已经不再做实业家了，原因是丈夫病倒了。男人告诉她 6 个月前失去了妻子，接着便向女人求婚。女人告诉他曾经多少次梦想过男人向自己求婚，但这次却没有接受他的求婚：“我不能结婚，因为我结过婚。”

男人仍在逼她，说要么结婚，要么永不再见，让她选择。女人哭泣，但仍不说“Yes”。男人走出去。女人哭倒。

观众谁都会认为，26 年的交往就此了结了。不料男人折返。《明年此时》到此结束，让人遐想：只要二人还活着，不，即使二人中死去了一个，幽会也会继续下去。

罪与罚

1961年上映的美国电影中有一部叫《纽伦堡大审判》。这部片子当初在日本公映时我就看过。前几天意大利电视里介绍该片，我想让儿子看看，就录了下来。经过30年的岁月再次观看此片，我思考良多。我深刻思考的原因有几个：

第一，我眼下正在准备《罗马人的故事》第2卷，学习古罗马的战争与和谈方法，所以罗马人和20世纪现代人在这方面的思维差异，很容易让我浮想联翩。

第二，在战败国要接受战胜国美国的审判这一点上，“东京审判”与“纽伦堡大审判”有共通之处，无法让人不产生联想。

第三个原因是几天前发生的德国人对外国难民采取的

暴力行动。欧洲媒体报道这一消息时都是一个调子，说这是新纳粹抬头，而德国政府则说这是“极少数激进派”。但是，当年希特勒和他的同伙也是“极少数激进派”。

然而，电影《纽伦堡大审判》里受到审判的不是第二次世界大战战败国德国的政府要员和军方有关人员，而是在希特勒政权统治下的德国负责司法的法官。这把问题搞复杂了。别的先不说，我喜欢德国律师在开庭陈述时说的话：“我的任务是为被告席上的人进行辩护，我不想在辩护中诉诸感性和仁慈。我将以最高的尊严为他们辩护。”

东京审判中的日本辩护人里也有人明确地这样说过……发动战争是不是犯罪，这个问题非常复杂。第二次世界大战后的美国人以为这个问题已经解决，然而实际上丝毫没有得到解决。而这句话，正是被迫面对这个问题的人所能采取的唯一态度。他说的是尊严，而不是逻辑。所谓尊严，在没有普适性逻辑的情况下，是人类作为智人（*Homo Sapiens*）所能拥有的唯一武器。

这就是说，德国辩护人不承认在战争犯罪的审判中存在逻辑。然而，这句话中所包含的对于败者的关切，只有继承了古希腊古罗马的欧洲人才能有所反应。而美国人在第二次世界大战刚结束时充满了自信，是不会理解其中真意的。斯潘塞·特雷西扮演的审判长是个凭良心思考的人物，但他的思维跳不出人性的范畴，达不到逻辑的高度，充其量也只会把这句话看作德意志民族高傲的证据。

电影《纽伦堡大审判》中接受审判的是4名法官。之所以跟日本不同，要把司法官员送上军事法庭，是因为德国存在犹太人问题。伯特·兰卡斯特扮演的原司法部长等4人被追究是否违反了尊重人权的理念。

他们受到的指控并不是在集中营大量屠杀犹太人的罪行。这样就绕开战争是不是犯罪这个问题，从而明确他们犯罪了。因此，就这件事本身来讲，问题在哪里是清楚的。而这4名法官即使没有直接动手屠杀犹太人，也被当作当事人问了罪。这些当事人，提供了德国人可以容忍或者默认这种做法的精神认知。

说具体点，这4名法官的罪状是依据禁止雅利安人与犹太人之间发生男女关系的法律，对触犯该法律的犹太男性处以死刑，对精神薄弱的青年强制实施绝孕术。当然，在这种情况下，美国人必定会拿出反映集中营惨状的影片来播放。这就是说，检方认定这4名法官的所作所为正是导致如此非人道的行为的基础。

辩护方反驳，说法官是依据法律做出判决的，并不是法律的制定者。然而，做过精彩开庭陈述的辩护人采用这种反驳法，太平庸了。法律条文也许不是他们制定的，但所谓法律不正是通过积累判例才超越一纸法律条文而成为“法”的吗？事实上，进入判决阶段后审判长驳斥的正是这一点。

辩护方还有其他辩护角度吗？

如果认为在这个法庭上受审的不是逻辑，所以要从头至尾一以贯之地采取用尊严去应对的态度，那么伯特·兰卡斯特扮演的原司法部长只能始终像一开始那样保持沉默。这样，方能保全他和跟他一样作为战败国国民将要接受战胜国审判的、大战中幸存下来的全体德国人的尊严。

可是，德意志民族并不只有他们几个人，还有必须肩负起对在战时还是少年或尚未出生的德国人的责任的人。想到这些同胞的时候，失败者打破了沉默。

只有揭露真相，才是对德国人的未来最有益的。想到这里，被告便开始了自己有罪的陈述，根本不顾辩护律师处于何等尴尬境地。

在为德意志民族的未来着想这一点上，马克西米利安·谢尔饰演的辩护人也是一样的。他很年轻，属于肩负德国未来的一代人。尽管他说了要用尊严进行辩护，但也仅限于事关德意志民族的未来时他才会遵守。这跟伯特·兰卡斯特扮演的只剩下尊严的有良知的旧体制派有所不同。因而他的辩词势必成为一种辩解。这也是无可奈何的。比如他辩称，在集中营里实施的暴行，几乎所有的德国人都不知道。他还说，就算人们想到了，也是无能为力的。

但是，到了判决阶段，这又成了审判长反驳的点。审判长说，这不是多少人被杀的问题，真正的问题在于，仅仅因为人种和宗教不同，就发生了有人被杀、有人被施绝孕术这样的事实。

审判司法人员的“纽伦堡大审判”，以宣判全体被告终身监禁而结束。

不，事情还没有结束。在临近审判尾声时，发生了柏林封锁[1]事件。一心要惩罚德国人的美国人态度突变，竟暗示审判长从轻发落，说为了对抗共产主义苏联，今后离不开德国人的配合。

1　柏林封锁（Berlin-Blockade）又称第一次柏林危机。1948年6月，苏联在与美英等国就西占区货币改革等问题发生对抗后，切断了柏林与西占区之间的水陆交通，西方国家用空运方式向西占区运送物资。双方于1949年5月达成妥协，苏联解除封锁。柏林封锁是苏美冷战时期发生的第一次重大国际危机。

审判长抗拒这样做。但我认为，真正的问题不是靠维护司法独立不受政治影响就能解决的。这部影片提出了很多课题，首先是战胜国能否以法律的名义审判战败国的问题，还包括究竟是尊重公众利益还是尊重人权的问题。这些问题直到今天一个都没有得到解决。即便如此，这部影片让我们如此深思本源问题，非常不错！

意大利男人的梦想

莎士比亚的作品《哈姆雷特》，自第二次世界大战后已经三次被拍成电影。

第一次由英国人劳伦斯·奥利维尔于 1948 年导演并主演。当时的电影是黑白片，由于此片出自莎士比亚正宗本家英国人之手，又是莎剧淬炼出来的戏剧表演家奥利维尔的作品，至今仍被认为是《哈姆雷特》的经典版。后来电视台数度播映，又出了录像带，即使上映当时没有看到电影的人也会去看，所以我想看过这部影片的人会很多。这可是电影史上的名作。

第二次由苏联人拍摄成电影，于 1964 年上映。俄语剧本由《日瓦戈医生》的原作者帕斯捷尔纳克担任，导演是以苏联莎士比亚研究家而闻名于世的格里高利·柯静采夫。不过，我没有看过这部影片。

第三次是两年前上映的《哈姆雷特》，出自意大利人之手。

导演是执导了成色绝妙的《罗密欧与朱丽叶》和成色近乎绝妙的《驯悍记》的佛朗哥·泽菲雷里。哈姆雷特的扮演者是梅尔·吉布森。

现在，我除了在《远见》撰文连载以外，过着清一色古罗马式的生活（在工作方面）。我深切地感到，写古罗马史与把莎士比亚的《哈姆雷特》搬上舞台或银幕完全就是一码事。

夸张点说，从作品问世至今的400年间，《哈姆雷特》被搬上舞台或银幕的次数多如海滩细沙。古罗马史也是如此，从罗马存在到今天的两千多年岁月里，被书写的次数也多如海滩细沙。

我不是罗马史研究家，大学也不是历史专业，而是哲学专业出身。说起外行，没有比我更外行的了，但我却写起了历史世界中的“哈姆雷特”。就连我自己都深切地感到，说鲁莽也好，蛮干也罢，这就是一项“异想天开”的事业。

不过，横亘在被公认为世界级罗马史权威的牛津大学、剑桥大学、普林斯顿大学的学者们与我这个一介写手之间的鸿沟，并没有想象中那样宽。这也跟《哈姆雷特》一样。

这些世界级学者的研究主体就在于阅读古希腊人和古罗马人遗存下来的文章。虽说有最新的计算机制图技术，可以在硬的方面起到作用，但覆盖不到历史的软的部分。考古学也是如此。

这样一来，世界权威也好，一介写手也罢，在历史这个是科学还是艺术尚无定论的领域中，如何解读古人遗存的文本就是决定胜负的关键。不只是写古代历史，写文艺复兴时代时我也是这样想的，关键在于跟别人相比，自己解读得有多深刻。

既然如此，作家也并没有那么不利。因为把握人的心理正是作家的生命。

再说，既然历史是人创造的，那么理解人就会直接关系到理解历史。我任性地认为，这中间既有计算机不能处理的历史乐趣，也有允许作家插嘴的理由。

假设劳伦斯·奥利维尔是牛津大学的教授，看他选择让谁来饰演三个主要人物，就能在相当程度上想象出“一介写手”的意大利人泽菲雷里对哈姆雷特的诠释了。

首先，泽菲雷里选中了梅尔·吉布森扮演丹麦王子哈姆雷特。

梅尔·吉布森凭借《疯狂的麦克斯》和《致命武器》成为澳大利亚电影界诞生的最早的国际明星。电影评论家们说，起用他有票房方面的考量，但我认为不仅仅如此。如果去看梅尔·吉布森主演的《加里波利》《亡命之恋》等影片就会明白。这个男演员眼睛长得好。他不是什么美男子，肢体也不高雅。使他成为明星的魅力之源就在于他的眼睛。他的眼神委实专注。我想，泽菲雷里就想为自己的哈姆雷特要到这双眼睛。

其次，泽菲雷里找来格伦·克洛斯扮演哈姆雷特的母亲——乔特鲁德。

一个刚刚失去丈夫必须守身如玉活下去的寡妇，一个不能忘记尚在善感年龄的儿子哈姆雷特的母亲，却活成了一个为性爱所乱的女人。扮演这样的角色，当今电影界除了格伦·克洛斯，还没有哪个女演员可出其右。她是扮演乔特鲁德的最佳人选。

再次，泽菲雷里找来了英国少有的性感演员阿兰·贝茨扮演弑杀亲兄先王、篡夺王位、迎娶先王遗孀的丹麦国王克劳狄斯。与同为性感型的英国演员肖恩·康纳利的阳刚之美不同，阿兰·贝茨的性感有阴柔之美，给人只有男性的力量才能带来的快感，排除了潇洒的语言等。

泽菲雷里把哈姆雷特塑造成了一个恋母的年轻人。

母亲美丽，举止高雅不凡，如同一朵硕大的白色百合花罩着儿子。对儿子来说，母亲无可替代。与这样的母亲相比，奥菲莉亚虽然年轻，魅力却小如紫花地丁。

对哈姆雷特来说，母亲是如此重要的一个女人，却投入了成年男人魅力洋溢的克劳狄斯的怀抱。她忘记了刚去世的丈夫，也忘记了年轻的儿子，服丧期还没结束就再婚了。

如果克劳狄斯是一个像先王那样慈祥的老人，情况又会怎样呢？哈姆雷特会对他有杀父篡位之仇，但却不会有夺母之恨。因为即便叔叔是个杀人者，哈姆雷特也不会意识到他还是一个男人。

然而不幸的是，敌人是一个完美男人。乔特鲁德知道，哈姆雷特也懂。为什么母亲迷上了叔叔，为什么母亲为此偏离了“人伦”之道，我想哈姆雷特比任何人都懂。

一个 20 来岁，自认为论年轻不输任何人的青年，面对50多岁的完美男人时所感到的内心动摇与夺母之恨合为一体，自然会萌生杀意。

泽菲雷里把《哈姆雷特》的悲剧看作一出发生在恋母的青年、抛弃儿子投入男人怀抱的成熟女人、处在魅力全盛期的中年男人三人之间的悲剧。

请大家回忆一下米开朗琪罗创作的雕像《哀悼基督》。作品收藏于梵蒂冈，是米开朗琪罗24岁时创作的杰作。造型是年轻的圣母马利亚抱着基督的遗体。母亲马利亚的年龄相对于基督而言太年轻，不符合现实。

然而，那正是意大利男人的梦想，希望死在自己心目中永远年轻美丽的母亲怀抱里的梦想。

梅尔·吉布森用那双“眼睛”，把被拒绝如此死去的年轻人的那种绝望和悲伤，把只有年轻人才会有的对造成这一切的完美成年男人的憎恨，演绎得淋漓尽致。

《升起的太阳》以后

在佛罗伦萨，儿子就读的文科普通高中四年级语文老师布置每个月读一本书，月底讨论。这大概就是课外阅读了。迄今已经读过的作品有托尔斯泰的《战争与和平》、陀思妥耶夫斯基的《罪与罚》、奥威尔的《1984》、奥斯卡·王尔德的《道林·格雷的画像》……这次阅读的作品是迈克尔·克莱顿的《升起的太阳》。

儿子的作业我几乎是不管的。但这次在月末班级讨论的前一天，我还是决定跟他聊一聊，权当餐桌上的话题。我已经读过这部作品，原本不需要重新阅读，但这次不一样，没办法，便利用空闲时间又读了一遍。不过，这次还有一点不一样。《升起的太阳》是一部写日本人的小说。这就是说，我儿子有一半日本血统，必定会被当成班级讨论的中心。于是，我写了一篇文章，给儿子形成自己的意见做基础草案。

从作家的视角看，克莱顿不写“跋”就好了。如果没有那个“跋”，《升起的太阳》就是一部以日本人为反派角色的非常有趣的大众小说。这样一部小说，想反驳都难。可是他却在“跋”里吐露了心声。对于作家来说，“序”和“跋”就是一把双刃剑。作为一个同行，我对此有着深切的体会，特录于此。

下面介绍的是那份给儿子当草案的文章的日语翻译稿，原文是意大利语。

《升起的太阳》的作者无疑是一位才华横溢的小说家。看了他发表的作品一览表，里面有很多已经被拍成电影，这显示出他是一位拥有众多读者的作家。

不过，《升起的太阳》与他以往创作的小说不一样。如果用马基雅维利的“目的总是证明手段是正确的”来理解的话，他迄今为止写的小说目的都是娱乐，而这部小说的目的如作者自己在“跋”里所写，在于鼓起作者的同胞——美国人的勇气，促使他们起来与日本人斗争。我甚至感到，读这部小说的时候听到了高声齐呼的口号：“加油，美国人！”“觉醒吧，美国人！”克莱顿让日本人出现在作品里，就是实现这个“目的”更有效的“手段”。

如果美利坚合众国仍然像20世纪50年代那样，是在所有方面都具有压倒性力量的霸权国家，克莱顿大概不会感到有必要写这样一部小说。然而，70年代以后的美国虽然还是实力第一的国家,但已不是压倒性的霸权国家了。如果不断威胁美国地位的国家是德国或意大利，克莱顿写的肯定会是反德国人、反意大利人的小说。他这样一个才华横溢的作家，找出德国人和意大利人的缺点易如反掌。因为任何民族多少都会有一点自己的缺点。

所以我认为，考察和探讨这部小说里写的日本人的“坏”性格和“坏”倾向是不是事实，既没有意义，也不具建设性，只有一点除外。

如果是我，大概不会把克莱顿定为种族歧视主义者，而会把他划成狂热的爱国者。历史已经证明，种族主义对于解决根本问题毫无帮助。但事实是，绝大多数场合，它都是戴着爱国主义的假面具出现的。而且，种族歧视往往不仅会伤害受歧视的一方，也会伤害到歧视的一方。

这部小说中遭到作者不停谴责的日本人的“坏”性格中，唯一值得探讨的只有一件事。那就是作者所说的日本人的目的是要消灭竞争对手。对于这件事，凡是有良知的日本人在很多方面都不会欣然认可。当然，这也是在不断变化的。

第二次世界大战结束后不久，美国作为战胜国就下令解散了战败国日本的陆海军。战争中幸存下来的旧军人只能去产业界谋职。这意味着头脑相当优秀的一部分日本人进入了产业界。所以就算假设他们内心深处有雪耻的念头，从人之常情来说，也不可谓不合常理。就跟第一次打了败仗的越南战争给美国带来的想法一样，对日本来说，第二次世界大战是第一次战败。

不过，这代人如今正在退出第一线，取而代之进入日本领导层的人是牛仔服和可口可乐的一代。他们懂得，日本的未来取决于与其他国家的协调。

所以，今后的日本将会更少侵略性，更多协调性。日本必须这样，日本人的天资不会发生根本性改变。正如在美国建国前200多年就到访日本的耶稣会意大利人传教士写下的报告中所见到的那样。

“1549年抵达日本后，我可以写下亲眼所见了。日本人的文盲率低得惊人。他们也有历史书籍，撰写这些书籍的知识水平与我们相同。他们很多人充满上进心，对新事物的兴趣颇强。我不得不承认，在异教徒中，日本人是最上等民族。”

尽管如此，小说主人公康纳的言行也值得思考。主人公虽然了解日本，喜欢日本，但却憎恶日本人。原因似乎是他在日本逗留期间感受到了排外感。可是，这种程度的排外感不止他一个人有。除短期旅游者外，几乎所有逗留异国的人都会有这种感觉。但他们中间多数人都懂得，不能用自己在日常生活中感受到排外感和不愉快的体验去判断那个国家的所有人。而且，他们中甚至会有若干人，尽管自己也常常会有排外感和不愉快，但却仍然致力于在祖国和现在所在国之间架设“桥梁”。更多有外国经历的人都不会出于个人有限的体验就去憎恶一个民族的全体人民。

实际上，康纳先生对日本人的憎恶起因于日本产业的飞跃发展。所以，如果日本今后仍旧排在美国之后，一直停留在第二的位置上，他对日本人的憎恶便会消失，并像爱“寿司”那样，爱创造了寿司的日本人。

然而，这能否变成现实，归根结底取决于美国人自己，而不取决于日本人。同样，《升起的太阳》的作者在心底里也是接受这一点的。

用这个“草案”在班级上讨论，十七八岁的意大利人会有怎样的反响呢？他们入神地倾听老师的提问和儿子的辩论，非常满意。他们这代人虽然知道日立和三菱是日本的品牌，但关于先锋和索尼则会发问：“那也是日本制造？”尽管老师要求他们阅读这本书，但在作者对日本人的顽固攻击面前，他们还是会感到厌烦的，真正卒读的很少。

听说老师间接地受到日本人证言的刺激，不停地向儿子发问。因为有了草案，儿子也充满自信地回答。于是讨论只在二人之间进行，那些没有读完书的学生不用再怕露怯，非常满意，听得非常专注。

就是嘛，被说几句坏话，也不要过分担心！

关于“住”

真正过了年轻时代，人们就会开始考虑住的问题。令人感到意外的是，这“住”大多时候成了人们以后人生幸福与不幸的分水岭。影片《玫瑰战争》准确地触及了这类问题。

为什么唯独“住”会成为幸福与不幸的分水岭呢？“衣”和“食”与如此重大的后果没有什么关系？

在我这个也做家庭主妇的人看来，原因在于投资金额巨大。

“食”的花销有限。就算满足“冰箱里一定要备足啤酒”的要求，而把这点支出称作投资也会感到害臊。即便被迫改变路线，把啤酒改成威士忌，也是轻而易举就能做到的。

"衣"在物质和心灵两方面所需的投资额相对也是少的。像我这样的冒失鬼，经常会在"瞧，真漂亮"的一念之下买衣服，但一买就犯错。尽管望着放在衣柜里还没有穿就过了气不再流行的衣服，我心里恨得慌，但说句"搞砸了"也就拉倒了。

"住"可不是来一句"搞砸了"就能心平气顺的。投资很麻烦，它是由金钱这种"物质"开始的，但却不触达"心灵"不罢休。金额巨大嘛。就好比男人或女人在交往的过程中花掉了大笔金钱，就会被金钱绑架，无法割舍。

而且，越是热心家务的优秀主妇，越是对"住"倾注更多的心思。"住"可能成为一个家庭幸福的根基，同时也是家庭崩溃的风险所在，全看如何去做。这就很可怕了。

影片《玫瑰战争》中，罗斯夫妇极偶然地成了一所豪宅的主人，家庭的不幸便由此开始。

建筑物本身已经是豪宅。豪宅一到手，夫妻二人便热心起来，想让内部跟外观匹配起来，就是做所谓的室内装修。而要想让室内室外都变得豪华，满足这个要求的家具随随便便是不成的。他们二人从贫穷的年轻时代起就有这方面的兴趣，结果使得他们在房子上的投资金额直线上升。

我重复了很多次，因为很遗憾，这是真理：物质上的投资与精神上的投入成正比。只有夫妻都朝同一方向努力，才能成为幸福的家庭，但罗斯家却在朝着相反的方向走。

宅邸豪华，装潢精巧，摆设雅致。一旦拥有了这一切，人会怎么想？难道不想炫耀一下吗？

最享受这些的当然是住在这房子里的主人。可是人很莫名其妙，仅仅自己满足已经不再是满足，还想让别人也满足。炫耀的想法不值得赞赏，但如果是也想让别人分享的话，就值得赞赏了。这样一来，单纯的炫耀便有了冠冕堂皇的理由。

夫妻二人共同享受这一切的时候挺好，但罗斯夫妇之间发生了其他夫妻也会出现的问题。一句话，就是夫妻吵架了。蜗居在“兔子窝”[1]里的夫妻之间不可能发生的事，却在住进精心营造的豪宅的他们二人之间发生了。如果离婚，一切就可以结束。可是二人离不了婚，因为他们谁都不愿意把房子给对方。

丈夫主张，房子是自己买的，当然归自己所有。妻子则说，在精神方面自己也是有投资的，所以房子是自己的。

---

1 “兔子窝”是欧美人描述日本人狭小住所的用语，犹如中国人所说的“鸽子笼”。

于是，事实上已经离婚，二人却继续住在同一幢房子里，还在家里画了一条“国界”。

这种状态不可能有好结果。罗斯家陷入内乱状态。在孩子们去住宿舍，女佣人也离去之后，他们家化作了充满憎恶的战场。最后“战争”不止，一如片名，直至两名“战士”迎来死亡，方才结束。这就是影片的情节。

看了影片，日本人没有一个不认为要是“兔子窝”就好了。至少我这么想，而且很痛切。有追求不是坏事，但要有个度。在罗斯家，这个追求变成豪华、高雅（我并不认为那有多么高雅）的“豪宅”时，丈夫和妻子都无法放手了。二人都不再认为“那不就是幢房子”了。

我感到房产太可怕了，越执着就越会导致不幸的结果。尤其在抱有“房子即世界”这种观念的欧美家庭，隐藏着罗斯家式的风险。

曾几何时，人们开始要求个人住房具备一切。主卧、书房、客厅、厨房、餐厅、儿童房、卫生间、娱乐室（如琴房或台球室等），还要有庭院，在美国那边甚至还要有游泳池。

以前，人们对于自己的住房没有要求这么多功能。至少，除非是王公贵族和大富豪，普通人只要有基本功能的房子就满足了。

中世纪的欧洲教堂之所以造得如此富丽堂皇，是因为教堂不仅仅是向神祈祷的地方，还是举行洗礼、婚礼和葬礼的场所，再就是向钟情的美丽姑娘搭讪的地方。教堂对中世纪的人来说也是一个客厅。

古罗马的公共场所也是可以满足各个家庭满足不了的许多功能的地方。

浴场里，浴池有温水、热水和凉水之分；为客人做按摩的人，也许不会为客人洗身子，但设备却一应俱全；体育场地也很完善，有玩国际象棋的游艺室，甚至还有图书馆。罗马的浴场既是公营的洗浴场所，也是体育锻炼的健身房；既是游艺场，又是书房。人在里面待上半日，肯定也不会感到无聊。

在我们日本，直到前不久还有钱汤[1]这种令人身心愉悦的场所。茶馆直到今天仍发挥着会客厅的功能。对悠闲时代的小说家们来说，这里就是非常好的书斋。但我，不扎在史料堆里就无法工作，根本无法仿效。

1　钱汤，又称“风吕屋”，日本用于营业的公共澡堂和浴室。

在我看来，一应俱全的欧美风格家居概念，是从欧美风格的布尔乔亚即中产阶级兴起的时候开始普及的。从那个时候起，绘画也逐步小型化，以便挂在狭小空间的墙壁上。

这种倾向没什么不好。只是过去只有富裕阶层才能做到，而如今“进步”了，一般民众也能做到了。结果勉强为之的人也增加了。例如，有的人会把住房贷款之苦延续到下一代……

房子，无须勉强即可求得，那就可以满足了。房子达不到的功能另求满足又如何呢？不得不住没有庭院的房子时，可偶尔住一住带有美丽庭院的旅馆。没有实力造出书房，可以充分利用附近的公共图书馆。大帝国罗马的城市民众实际上也是住在“兔子窝”里的。

地中海

地中海世界是我人生的全部。自16岁阅读荷马的《伊利亚特》至今已近40年，我仍不能从地中海世界里走出来。恐怕我到死都走不出来了。我已经告诉儿子：我死后葬礼、坟墓都不要，请把我的遗体火化成骨灰，撒到地中海里去。

电影《地中海》，片名起得太严肃可畏，反倒挫了我的锐气，首映时我就没有去观看。这个时期的意大利电影《天堂电影院》也是这样，太执着于描述意大利式而且是过于意大利式的小宇宙了。想描述可爱的、人性化的意大利人，这可以理解，但做得令人腻烦。意大利的年轻电影人似乎对小津[1]式世界很着魔。

不过，《地中海》获得了第64届奥斯卡金像奖最佳国际影片奖，所以在意大利也搞了“凯旋上映”。于是，我这个追星族便也去观看了（撰写本稿后，本片以《爱琴海的天使》为片名，于1993年5月在日本上映）。

《地中海》由年轻导演加布里埃尔·萨尔瓦托雷斯执导，讲述的是第二次世界大战中，8名意大利士兵接受任务被派到了爱琴海小岛上，由于母舰沉没被遗忘在岛上的故事。

事到如今仍然坚信只要意大利人行，意大利军队、意大利国家都会变得好起来的中士。

与中士形影不离的通信兵。登岛后不久电台坏了，他从此成为专职炊事兵。

阿尔卑斯山地兵。他只爱毛驴，无论在军舰上还是在小岛上都牵着驴。在普通人的世界里，他就是一个滑雪教练。

1　小津安二郎（1903—1963），日本电影导演，一生创作了50余部电影作品。他的作品坚持日本电影传统，反映了现代日本社会的风俗和世态人情，善于从细微之处观察生活，使人在省略和留白之处体会人生。他追求细节完美，精益求精，对镜头质量的要求近乎严苛。作品有《东京物语》《彼岸花》《秋刀鱼之味》等。

还有两个阿尔卑斯山地兵，他们是兄弟。不知为什么要把山地兵派到爱琴海来。他们不会游泳，在舰船上一个劲儿地呕吐。

还有一个人，因为把怀孕的妻子扔在了意大利，一有机会就试图开小差，所以作为一个声名狼藉不可救药的士兵，被派到海外了。

中尉的勤务兵，一个多愁善感心地善良的年轻人。

还有一个便是中尉。他是 8 人中唯一的大学生，当兵前是一名高中希腊语和拉丁语教师。不过，他虽然会希腊语，却连监听到的简单英语通信都不懂。这是对注重古典的意大利精英教育的讽刺。

这就是被遗忘在希腊小岛上，因发报机故障而与外界失去联系的所有成员。

这座小岛曾被德军占领过。德军毁坏了民房和船只，把强壮的男人们带走强制劳动，所以留在岛上的只有老人、女人和孩子。不过，意大利士兵跟德军不一样，他们被岛上居民同化了。

中尉说，我是学希腊文化的，但要以高中教师的薪水访问希腊，简直是做梦；现在被送到这个小岛上，也是命运的安排。受希腊正教的僧侣所托，他开始在教堂的墙壁上绘制湿壁画。

中尉的勤务兵，我想可能连初中都没毕业，却在读中尉借给他的阿那克利翁或萨福的古希腊爱情诗歌，读着读着，就跟岛上唯一的妓女恋爱了。对男人熟悉透了的妓女，对一个不追求肉体、只有柏拉图式爱情的年轻人并不厌恶。最终二人结了婚。

只爱毛驴的滑雪教练也慢慢地敞开了心扉，与岛上一个女人好了。

阿尔卑斯山地兵兄弟也结识了放羊姑娘。在他们看来，南国希腊的放羊姑娘跟家乡阿尔卑斯山麓瑞士风情的姑娘就是不一样。在爱琴海中的小岛上，放羊姑娘就是仙女。跟仙女的恋爱，是古希腊式的、奔放的、充满肉欲的，根本没有基督教式伦理的插针之缝。兄弟二人在仙女的引导下，跳进了他们从未接触过的大海。仙女教会了二人游泳。

通信兵没有了工作，专职做起炊事兵和中士的随从。他注意到了自己从未意识到的男人对男人的爱恋，非常迷茫。

中尉对此一点儿也不惊讶。同性恋，如果让意大利天主教徒听到，他们一定会认为那是恶魔附体。可是，彻头彻尾浸泡在古希腊文化中的中尉却毫不介意地说同性恋再正常不过了。

只有那个开小差惯犯士兵，到了岛上也没有放弃开小差的企图。他发现了一条藏匿起来的小船，划向了远处的海面。所谓爱琴海，是“多岛之海”的意思。如果是附近岛屿，小船或许可以划过去。

三年就这样过去了。偶然落到小岛上的意大利飞行员告诉他们，三年间外面的世界发生了翻天覆地的变化。意大利已经不再站在德国一方作战，而是在爱琴海上与英军成为友军。事情有点复杂。希特勒死了，墨索里尼和法西斯分子退到了意大利北部，在德军带领下抵抗盟军。

听到这些，8 名意大利士兵惊呆了。他们在与外界隔绝的爱琴海小岛上，把放羊女想象成仙女，把妓女当成维纳斯化身的时候，祖国意大利“解放”了，昨天的敌人成了友军。

很快，飞行员把现代版浦岛太郎[1]的存在通知了友军，英国派海军前来迎接。同时，岛上被德军强行带走的男人们也都回来了。意大利士兵也迎来了从古代地中海回到现

1　浦岛太郎是日本神话故事中的人物。他在海边救了一只海龟。作为回报，海龟驮他去了龙宫。等他三年后回来时，发现人世间已经过了漫长岁月，沧海桑田。

实的时刻。

大家各自都顺利告别了古代，可以很容易地返回自己的家园了。

但是，只有那个勤务兵拒绝返回意大利。他在意大利既没有家，也没有父母，是一个孤儿。他说："我已经结婚了，我要留下来。"他还说，妻子已经从良，愿望是开一家餐馆，需要他的帮助。中士想要说服他，说这么做就等于开小差，但最终还是尊重了他的意愿。在驶离小岛的英军小艇上，中士向中尉报告说："到处都找了，没有找到他。"中尉也心知肚明，便装作信以为真。

英军小艇上还有一头毛驴。因为滑雪教练坚定地告诉英国士兵："如果它不一起走，我就不上船。"最后，英国士兵准许了。这是在挖苦英国人。

之后画面一转，呈现的是几十年后旅游方兴未艾的同一个小岛。从这里到剧终，请大家去欣赏影片。加布里埃尔·萨尔瓦托雷斯的《地中海》是一部充满了高质量幽默和微微苦笑的作品。

可我在思考"即便如此……"正因为我打算在撰写中的《罗马人的故事》第 2 卷的书名里加上"地中海"，才更值得思考。

也许由于我是从荷马的《伊利亚特》走进地中海的缘故，我的“地中海”是亚历山大大帝，是汉尼拔，是西庇阿，是恺撒。如果让我选择稍微深沉一点儿的人物，那就是苏格拉底、柏拉图、索福克勒斯、伯里克利……

我不禁笑了。每个人都有自己的“地中海”。而且，触及现实中的地中海的时候，每个人都会在自己的内心里创造自己的“地中海”。最不愿做这种精神功课的，恐怕就是现代希腊人了。人很难对身边事物感兴趣。

不管怎样，电影《地中海》是一部成色上乘的作品。如果看了这部影片后仅仅嘲笑了一下意大利人的散漫，那就等于白看了。

啊，是的！冷静地批评自己，也是地中海精神之一，也是苏格拉底的教诲。

女人的活法

奥黛丽·赫本去世了，意大利也笼罩在一片悲痛惋惜的氛围中，虽然不及日本。我也认为她是最后一颗明星。

第一，她很美，这与她是不是美人无关。第二，她是一个演技高超却不令人生厌的演员。第三，她气场十足，光彩照人，气质高贵，品位优雅。

公认的奥黛丽成名作是《罗马假日》，1953 年上映。这年，我 17 岁。所以她是我同时代的明星。照理我会受到她很大影响，毕竟我是一个彻头彻尾的追星族。

然而想起来很意外，我并没有受到她的影响。对于年轻女性来说，是否受其影响取决于是否能做到感情移入。如果这种影响是由同性带来的，那就更是如此了。可是，我对她扮演的女人们做不到感情移入。

在奥黛丽为数众多的电影作品中，跟成色无关而受女性喜爱，她们看多少遍都会陶醉的作品，大概要数《罗马假日》、《龙凤配》和《黄昏之恋》这些片子了。

众所周知，《罗马假日》讲述了一位公主度过了一段罗马特色假期的故事。其他两部作品则都是讲述比较贫穷的年轻姑娘与中年富豪喜结姻缘的故事。也就是说，这两部影片都是因准确聚焦在女性多发的灰姑娘综合征上而大获成功的。《龙凤配》中的亨弗莱·鲍嘉、《黄昏之恋》中的加里·库珀所扮演的角色，如果不是大富豪，而是一个普通中年男，那就会是一个现实故事，大概只有我这种什么都说行的患有“非灰姑娘综合征”的女人才会去看。

话又说回来，她对我也不是全无影响。看过《罗马假日》几年之后，我自己彻底体验了一次，没有留下遗憾。《龙凤配》至今还影响着我。那部影片中有一个场景：从巴黎归来的奥黛丽·赫本（饰萨布丽娜）发生了脱胎换骨的变化，威廉·霍尔登（饰戴维）竟未认出司机的这个小女儿。镜头中，从巴黎归来的奥黛丽手拿的行李箱是白色羊皮制的。当时我就认定：高雅女人的行李箱必须是这款。实现这个夙愿花去了我许多年的岁月，因为它价格不菲。如今我也拥有了。不过，带着白色羊皮行李箱旅行，也许是高贵了，但也多有不便。

那种行李箱，没有滚轮，因此，在没有“小红帽”、没有手推车的地方，我就完全无能为力了。日本男人绝对不会对陌生女人伸手相助，情况更糟。我一向讨厌虚礼，但如果想带着白色羊皮行李箱去旅行，就不得不接受这种礼节。

我第一次看《黄昏之恋》是20岁左右。那个年龄，看跟大富豪结婚的故事片，如醉如痴也无可厚非。

可是，我没有灰姑娘综合征，源于一辈子与发财无缘的老爸和我十二三岁时就看过的《源泉》中的加里·库珀。所以，这个时候面对灰姑娘奥黛丽我也做不到感情移入。《源泉》讲述了一个男人为了自己的建筑理念而不为金钱折腰的故事。所以我一边看《黄昏之恋》一边在想，库珀不适合大富豪这个角色。

但有一个场景让我茅塞顿开。镜头是跟着坐在剧院顶层座位的奥黛丽的视角拍的，画面是库珀陪着女伴进入一楼座位的背影。我瞬间深切地感到，中年男人的魅力体现在背上。记得有一次在写历史小说时，经过对比年轻男人，我想描写出年长男人的魅力，用过这个场景。

情况就是这样，尽管我认为作为女演员奥黛丽很出色，但我却不能与她饰演的女性们产生共鸣。可见，我也许是个偏执的女人。我认为，是不是富翁对男人的魅力没有丝毫影响。但我承认，作为女人，我这种性格取向就是一种无可救药的缺陷。

最近，我看了影片《保镖》。还没看的时候我就觉得，这部片子要火。因为我认为，女人最大的愿望就是受到保护。

这部电影在日本火了，在意大利也火了。原因是我所认为的那样，还是主角凯文·科斯特纳的人气，不得而知。但不管原因是什么，这都将成为证据，证明尽管我一生都不想过得与灰姑娘梦想有丝毫关系，但受保护的愿望我还是有的，而且到了无以复加的程度，哪怕不是对身体而是对心灵的保护。

我一直在想，有受保护综合征的女人是不是跟有灰姑娘综合征的女人一样多。于是，我发现了一件令人愉快的事情。

《保镖》中的惠特尼·休斯敦，作为歌手是一流的。当一流歌手，她自己一个人就能办到。但保护她，则需要男人。

如此这般玩联想，自然会得到一个不言自明的结论：莫非拥有灰姑娘愿望者等于全职太太，受保护愿望属于职业女性？

跟奥黛丽同时代的女演员中有一位叫格蕾丝·凯利。她简直就是画里的那种灰姑娘型女人。可是，作为女人的奥黛丽又怎样呢？

再婚对象也好，守护到生命最后一刻的小自己 8 岁的情人也罢，都不是灰姑娘型女人会选择的对象。首先，不索要高额精神损失费就离婚，灰姑娘型是不会干的。她一直饰演灰姑娘，但作为女人，却属于受保护综合征类型。为什么呢？婚后的格蕾丝·凯利不当演员了，而奥黛丽则一直坚持当演员，还为联合国儿童基金会工作。对于女人来说，如果打算工作，变成灰姑娘是不成的。

我做不到与奥黛丽饰演的女性们共鸣，却能与作为女人的奥黛丽本人共鸣。以后我也不再拒绝小我 8 岁的人了。结婚我也体验过了。我也赞同从有爱就该结婚这种年轻女人式的观念中解放出来，活得自由自在。

以上写了灰姑娘综合征和受保护综合征，我觉得女人还有另一种选择，暂且称为“希拉里综合征”。

希拉里年轻时，暗中帮助认准的男人，为了实现他的野心竭尽全力，甚至跟着他去了阿肯色乡下。没有充分的精神准备根本做不到。一旦男人达到他所期望的地位，她立刻就让男人把以前她有足够才能但却因为她是女人而不可能去做的事业交给她。如果她失败了，男人也会任期一到就下台。可见这也是命运与共的大事。

我算不上才女，却曾在日本英才荟萃时代的日比谷高中就学。那所高中的机灵女孩在那个年龄就已经跟看好的男孩子暗中牵手了。学校男女生比例为四比一左右，而且更关注学习而非这等“勾当”的女孩也不在少数。因此，将来男孩出人头地的概率当数第一。

可是，就连这份辛苦我都不舍得付出，只好打肿脸充胖子，带着白色羊皮行李箱“奥黛丽”一番了。都到了这个份儿上，我还是去找一点儿心灵保护吧。

虚构与真实

今年（1993年）的奥斯卡金像奖终身成就奖，基于多年来对电影界做出的重大贡献，颁给了意大利电影导演费德里科·费里尼。他的许多作品都获得过奥斯卡金像奖最佳国际影片奖，他本人获得的终身成就奖也是实至名归。如果是花落别家，反倒觉得不正常。至少意大利人会这么想。

从罗西里尼、德西卡、维斯康蒂到贝托鲁奇，再到当今的年轻电影导演，在这意大利电影导演队伍中，我认为他的才能乍看不是意大利式的，实际却是最意大利式的。

他讲述的故事都是虚构的。但把那些虚构汇集起来就变成了真实。他创作的就是这种作品。所以，看了费里尼导演的作品认为那是真的，那就错了。你得认为，从里面渗出的东西才是真实的。

我不创作电影，但创作作品，我会从创作角度观看电影。我对维斯康蒂和泽菲雷里的作品很佩服，但走出电影院时我会想，只要努力做就没有做不到的。唯有费里尼的作品，在走出电影院时会使人彻底折服。

有一次与他见面聊天，我对他说："看完别人的作品，我会一边从电影院往外走一边想：'真是部好作品。'看完您的作品离开电影院时，我却会喃喃自语道：'这家伙，真棒！'。"

"这家伙，真棒！"这句话当然是按照意大利语习惯翻译过来的。他听后大笑。因为他懂得，与其说是夸奖，不如说是对艺术家的赞美之言。

费德里科·费里尼的最大才华在于他的想象力。这是其他导演不能企及之处。每次面对他梦幻般的卓越时，我都会佩服得五体投地。

他的早期作品现实主义色彩很浓，许是受到了他做助理导演时的老师罗伯托·罗西里尼的影响。不过，他很快就脱胎换骨了。他独有的想象力大放异彩的作品是《甜蜜的生活》《费里尼的罗马》。

我最初的意大利体验，就是在《甜蜜的生活》残影尚存的罗马经历的，知道那部影片描绘的罗马电影界及其周围的情况被夸大了，几乎可以说是虚构的。但费里尼告诉了我，不那样描述真实面貌就浮现不出来。

《费里尼的罗马》也是一串虚构。尽管如此，最终的场面，黑夜之中，一群看不见面庞的摩托车骑手风驰电掣在夜幕笼罩的从古代到现代的罗马街道上的场景迎面而来时，几乎所有的观众都陷入了沉思。看不见面庞，这很重要。费里尼关注到了这点，还有骑手在摩托车上的视角，不能不令人敬佩。我认为，没有一个导演能与他出色的想象力相比。而且，能拍摄出连篇虚构但真实却回响于心的作品的人怕也是屈指可数。

记得是十几年前的事了，我曾受 NHK 的委托采访过费里尼。当时我紧张得厉害。不，已经超越了紧张，是害怕。摄像师都是从罗马影城奇尼奇塔来的人，他们在采访前对我说："Maestro（大师）如果不喜欢，就会说'我去喝杯咖啡'，然后一去不再回来。"

我本来面对天才就会紧张，听了这话就更加害怕。尽管如此，我还是制定了采访策略。

第一，不把自己的想法、感受、意见掺杂进去。

第二，提问一定要具体、简洁。

因为播出全部采用意大利语，画面下方打出译文字幕，所以第二条可以在把我的意大利语错误和因紧张而犯的差错控制在最小限度方面起到作用。

结果，约定的1个小时延长到6个小时。摄像师更换胶片时用手指打出了OK的O，我知道一切进行得很顺利，长舒了一口气。但6个小时，我一直处于紧张状态。他也聊了很多。在等待更换胶片的空当，他向我道出了其中缘由："你不像平常那些采访者，没有滔滔不绝地讲自己的意见，这很好。"

我的策略成功了。比如，我想听他对演员的看法，却只问他："您经常与马塞洛·马斯楚安尼合作，为什么？"

这样一问，大师就会聊上15分钟。跟工作量相比，以"报酬菲薄"著称的NHK没有哪次比这次更赚了。话虽如此，播放时长还是预定的1个小时，其余5个小时的内容应该躺在NHK的资料室里睡大觉。

这个策略我在采访黑泽明导演时也用过。这次采访也是因为要给NHK提供资料，被拖得很长。我就乍看上去很无聊的话题提点小问题，黑泽明会滔滔不绝地回答。

艺术家很健谈，因为他们有强烈的欲望要把自己的所想传达给别人。否则，他们独自在深山幽谷间磨炼独家技艺好了。黑泽明和费里尼都说过同样的话。

黑泽明：“没有观众，我就不拍电影。”

费里尼：“把自己想做的事情拍成自己想要的样子一点也不难。难的是把自己想做的事情拍成自己想要的样子，并且把它放在商业基础上。”

我也把两位大师的话当成了座右铭。作品没必要都像斯皮尔伯格的那样大红大紫。但拍摄的影片谁也不来看，还说是因为观众程度低，我想，这仅仅是一种傲慢和愚蠢而已。

费里尼已年逾古稀。我明白他最近的作品是在把想做的事情拍成自己想要的样子。他是巨匠，能够做到。但要说是否有了商业基础，一连几部作品却未必能给出令人满意的结果，就是对他尊重之心不泯的我，也不得不认为作品中少了点什么。

我想，这是因为他没有投机心理了。于是，他不再挑战观众，不再挑逗观众，不再追求让观众说出“我服了”的那种快感。在日本，管这种状态叫“枯竭”。

然而，没有哪种职业会比艺术家更害怕枯竭了，因为

“枯竭”对于从事创造性工作的人来说，意味着想象力的下降。我认为，没有比希望向人传达、希望有人观看、希望有人阅读的欲望更能支撑想象力和创作力的东西了。

跟他面对面 6 个小时，充分聆听了他的话，我深切地感到：单凭这次采访是无法懂得费里尼的。最终只能去看他的作品。读评论也没用。只有作品能表现他。

要品最佳费里尼，《甜蜜的生活》和《费里尼的罗马》是顶级之作。费里尼在影片里通过描述虚构浮现真实，对我们发出挑逗：“怎么样，服不服？！”

作家笔下的作家形象

当红作家斯蒂芬·金的书，我一本也没有读过，只知道他是电影《伴我同行》、《闪灵》和《危情十日》的原作者。

我想读《死光》，就买了下来，但只读了 10 页左右就放下了。我不是说大部分作品，而是觉得一旦靠这种始终不走正道的作品稳稳地当上流行作家，读者就会包容他如此的挥霍，我只有佩服的份儿了。

所以，作家斯蒂芬·金的书我不会再买，但看了根据他的作品拍成的电影后，还是觉得他笔下的作家形象很有趣。他笔下的主人公常常是作家，而且不是第三者所描写的作家，是作家笔下的作家形象，所以有趣。拜其所赐，明明是恐怖作家创作的恐怖作品拍成的电影，观看的时候我却窃笑不已。

《伴我同行》描述了一个作家与少年时代的伙伴交流，这里按下不表。

《闪灵》和《危情十日》的主人公都是小说家，尽管《闪灵》里的小说家默默无闻，而《危情十日》里的小说家正走红。

先来聊聊《闪灵》。该片的导演不是别人，正是斯坦利·库布里克，饰演不知名小说家的也不是别人，而是杰克·尼科尔森。简单说，情节是这样的。科罗拉多州的落基山中有一家大酒店，冬天没有客人入住，不知名小说家便带着家人（妻子和儿子）前来留守看管。不知名小说家计划在这里挣点管理费，同时完成一本小说。但是，这家无人酒店有过凶案，酒店前任管理员杀害全家之后自杀了，所以凶情附体。后来，小说家渐渐疯了，家人也卷入其中……

影片开头有一个镜头：杰克·尼科尔森饰演的小说家正在敲击打字机的键盘。乍一看，他在卖力地工作。可小说家的妻子只看到稿纸上打满了同一个词语。看到这里，一般人会认为他已经疯了，但作家却认为他还没疯，不过是在排遣创作受阻时的苦闷罢了。

然而接下来，作家大脑中不断出现各种可怕的现象，不知是幻觉还是真的幽灵，令他烦恼。他开始发疯。不过要让我这个忝陪末座的作家说，那以后的恐怖场景是不能仅仅当作恐怖的。

人们往往会想，假如小说家的创作活动进行得顺利……如果他工作顺利，就不会受到幻觉和幽灵的折磨。

不同于书记员、秘书和助手围在身边工作的人，作家的工作必须一个人进行。只要能消除写不下去的苦恼，他甚至会想，把灵魂出卖给恶魔都没关系。特别是靠灵感创作的小说家，写不下去的时候，苦恼至极。

遇到这种情况，小说家怎么办？他会逃避眼前的任务，会对着打字机不停敲打同一个词语，或者琢磨前任管理员杀害全家人之后自杀的情形。他可以选择任何对象来逃避，只要不是写作，什么都可以。

如果是一个能够自我控制的作家，他大概会出去钓鱼，或者给住在城里的编辑打一个长长的电话也未可知。

可是，金的人设是不知名小说家，同时情景设定也很巧妙。外面积雪覆盖，无法出去钓鱼；大雪导致电话打不通；身在无人大酒店；而且，写又写不下去。如果写得出来，就算妻子和儿子对幻觉感到恐惧，我想他也会有心理上的富余来安慰他们。然而，想象力丰富变成了坏事，让小说家对幻觉和幽灵产生更多的关注，结果就是自取灭亡。之所以妻子和儿子得以逃脱，是因为他们没有写不出来的苦恼，不会深陷其中不能自拔。

作家是“能写”一事定乾坤。影片《闪灵》为我们展现出了创作枯竭的作家将会坠入的地狱，仅此一点足以令我这个作家不寒而栗。

另一部影片《危情十日》描述了一位写作毫不辛苦的畅销小说家的恐怖经历。詹姆斯·凯恩饰演的是流行作家，他以米瑟莉为女主人公的系列小说极为畅销。不过，仅仅是小说畅销未必就能让人满足，而且这种事情经常发生。这就是作家生意的麻烦之处。

于是流行作家保罗·谢尔顿决定不再继续写米瑟莉系列作品。为了写出能让评论家给予评论的作品，在最后一本中他把女主人公写死了。接着，他重新出发，挑战自传小说。

可是，在这部自传小说交稿途中，汽车发生事故，作家半死不活了。救他的是他的书迷，一个做过护士的女人。乍看上去这场邂逅确实理想，但却是一个错误。

《闪灵》是一位写不出的小说家的悲喜剧，《危情十日》中的小说家则不仅写得出，而且写的书很畅销。虽然“喜”是我的个人见解，但斯蒂芬·金也爱搞恶作剧。

系列小说取得成功，说明有很多读者把自己代入了小说中的主人公。读者越多，沉迷其中的人就越多。不知道是好事还是坏事，有一种现象不会发生在像我一样更多诉诸读者理性的作家身上。一位诉诸读者感性的小说家，会拥有不少读者，读者认为作品主人公就是自己。正因如此，作者才会成功，当上流行作家。热心读者是非常值得感谢的存在，但如果读者被作家的作品置于异常状态之中，他们的想法也会变得异常。

《危情十日》中曾经的护士就很不喜欢把自己所爱的女主人公写死的最后一本，当着小说家的面把他的自传小说的稿子烧掉了。小说家瞬间恨死了这个曾经值得感谢的书迷。一个作家，原稿被烧掉了，哪怕是自己儿子干的，也会心生恨意的。面对因事故骨折而卧床不能动弹的小说家，曾经的护士逼他写一本新的小说让女主人公复活。小说家无奈同意了。不过重要的是小说家却并没有因此丧失理智。金自己也是作家，懂得作家只要能写，面对何种情况都能保持理智的道理。《闪灵》里的小说家失去了理智，

《危情十日》里的小说家直到最后都很理智。不过我想，金想要说的是能写的作家有时会遇到失去理智的书迷，而这种风险写不出的作家根本不用担心。

影片《危情十日》的导演是罗伯·莱纳，他也是《伴我同行》的导演。流行作家斯蒂芬·金很幸运，还遇到了优秀的电影导演。作家金笔下的作家形象至少都不是卑微的存在，由杰克·尼科尔森和詹姆斯·凯恩饰演。我刻骨铭心地懂得能写与否左右作家的心情，但我从来没有把这些看作恐怖的事情。

■ 失业

我看了一部电影，片名为《城市英雄》（*Falling Down*），不知日文译名是什么。由于是今年（1993 年）戛纳电影节的参展影片，所以我没有看录像带，而是去电影院看的。这是一部美国电影，导演是谁我忘了，主演是迈克尔·道格拉斯。影片描述了一个平凡的工薪族，不，失业的工薪族由发疯开始到死亡结束的一天。这部作品好像在美国受到如潮的谴责，说是存在种族歧视。

首先，我折服于迈克尔·道格拉斯的演技。我曾十分讨厌这个演员。我甚至认为他的父亲柯克·道格拉斯有一股可爱劲儿，比他强。当年他凭借在影片《华尔街》中的演出获得奥斯卡金像奖最佳男主角奖时，我曾坚信，那么浮夸的演技却能得到奥斯卡金像奖，与其说靠的是演员的实力，不如说制片人的业绩得到了认可。连《飞越疯人院》这样质朴的片子都能做出来并获成功，可见制片人实力不凡。

不过，《华尔街》没能让我感到愉悦，原因在于我对股份制事物全无兴趣。

可我对《城市英雄》却很佩服。影片完美表现了一个凡人不断奔向，不，不断滑向自我毁灭的情形。当然，剧本也很好。

电影开始了，一个男子的脸部特写。他陷入了交通堵塞，焦躁不安。车流一动不动，他愤怒了，弃车步行。他想打电话，那天是独生女儿的生日，她跟他的前妻同住。男子想打个电话，却没有零钱，于是他想在一家小超市换点零钱以便打电话，但店主是个韩裔，拒绝帮他换零钱。没办法，他只好买了一瓶可乐，不料店主要了他 85 美分。这时他的愤怒终于爆发了。他一发飙，店主便说 50 美分就行。他把店铺砸了个稀巴烂，然后付了 50 美分。

第二次发飙的对象是两个墨西哥裔年轻人。他在休息，这两个年轻人因为一点鸡毛蒜皮的小事,找碴儿跟他作对。

就这样，事情接二连三地发生，惹得身穿白色短袖衬衫、打着领带的正儿八经的白人男子一次次发飙。具体内容请大家去看电影。关键恐怕是这个普通美国男子情绪为什么升级到如此过激的程度。

如果从一开始他就是个疯子，那就只是个病理问题。可他不是疯子，说话在理，脑子没有问题。那他这是为什么?!

一切都怪失业。一个月前，他失去了一直奋斗的工作。就连一起居住的母亲他都没有说，更没有告诉其他任何人。他没有告知任何人自己已经失业，每天早晨，穿着跟从前上班时一样的衣服出门，然后在外面消磨时间。

离婚让他失去了居住的房子，失去了家庭。最近当妻子的都很厉害，如果离婚，出户的都是丈夫。丈夫只能寄居在其母亲家里。而且，他已经无力支付女儿的抚养费，前妻也不愿意让他见女儿，哪怕是女儿的生日也一样。

这种状态中的中年男子，他会怎么想?!他的心情会跟陷入交通堵塞的车子无法行进时一样。

交通堵塞谁都会碰到。谁都懂这种情况下焦虑没有用。所以，人们会焦虑，但会自制。一般没有谁会弃车步行。是失业的愤怒和悲哀以及因失业无法履行做父亲的职责带来的耻辱，断送了他的自制力。

在欧洲也存在失业问题。经济不景气，而且最近产业变得越发高科技。越是这样，需要的人就越少。即便经济状况好转，失业问题也未能立刻解决。此外还有打工人啦，难民啦，加上外国人口也在变着花样大量涌入。涌入的一方找工作难，接收的一方也开始面临失业。

就连一向悠闲的意大利人，现如今也认真起来了。过去采取任何政策都无法降下来的通货膨胀率，现如今一个劲儿地往下降。因为民众都在控制自己的支出；因为他们不得不为失业以后做打算。

我认为，思考人类时，失业是个严重问题。

影片《城市英雄》中出现了两个男人。其中一个是迈克尔·道格拉斯扮演的失业男。另一个是罗伯特·杜瓦尔扮演的渣男。他们都是中年人，同样陷入了交通堵塞。

但是他们一个人弃车，另一个人却没有弃车。因为没有弃车的那个虽然就在那天退职，但身份还是一名刑警。而且在追捕疯狂不断升级的失业男过程中，这个一向妻管严，工作上毫不出彩，不是被同事瞧不起就是让人可怜的渣男，竟然辉煌闪现。最后，他接受了妻子的任性，竟然毁掉了自己提出的退职申请。作为刑警可以继续工作的喜悦又回来了。

这部影片告诉人们，对一个人，尤其对男人而言，拥有一份工作是多么重要，而失业又是多么致命的打击。

影片的结尾揭示了两个男子完全相反的“结局”：一个死了，另一个作为资深刑警重整旗鼓。

不过，“结局”截然相反不是二人的才能差异，这很悲哀。如果是才能差异倒还有救，还可以理解。可是，他们二人的差异仅仅在于一个是失业者，一个不是，所以才悲哀。没有机会的人无法发挥自己的才能。

最近，结构重组、反省终身雇佣制的声音此起彼伏，感觉像合唱。连我都懂得必须设法解决白领生产力低下的问题。我对工薪族工资外收入之多感到震惊，我认为花这么多钱养活无能的人，生产力当然会降低。

然而，当对象是人的时候，就不是所有事情都可以用经济的逻辑来解决的了。到了享受第二人生的年龄退休，与在此之前的失业不是一回事。尤其是没有任何机会施展才能的年轻失业者的存在，的的确确直接关系到社会的不稳定。

这里聊一下个人见解。如果失业能够消除，不说完全，只要在相当程度上消除，那么当代的问题几乎都能得到解决。

然而，工会一直热衷于提高工资和缩短工时。连工会都只用经济的逻辑思考人的劳动问题。

我希望企业经营者与工会干部也去看看《城市英雄》，希望他们在白领造反之前好好看看这部电影，好好思考，好好制定对策。

在前一篇中我说过，能写对作家来说是第一位的。在这一篇中我想说，有没有工作，对一个男人来说意义重大。

话说回来，失业问题并不只是当代社会才有。现在我正在准备撰写《罗马人的故事》第 3 卷。这本书好像要从古罗马人为解决失业问题付出的辛劳写起了。常言道："太阳底下无新事。"

善于倾听的人

《热情似火》《日落大道》《桃色公寓》《控方证人》《龙凤配》《黄昏之恋》，仅仅列举这几部电影，就足以证明这个1906年出生于奥地利的导演比利·怀尔德的才华。我们日本的影评人偏重纯文学，就连怀尔德都会被他们当成工匠，而不是艺术家。不过，就算是他们，也不得不在工匠前加上一个形容词——“伟大的”。

我从不把文学分成纯文学、大众文学，只按质量好不好分类。所以我公开宣称自己非常喜爱比利·怀尔德，也不会有什么不便之处。而且，他还是一位修养有加的电影人，当过恩斯特·刘别谦的助理导演。刘别谦也是一位我非常喜爱的导演。他们都有幽默感。我确信，这可是顶级人士不可或缺的资质。

比利·怀尔德第一次接受长时间采访。这次采访被编辑成3个小时的节目，在意大利电视台播出了。由于两位采访者都是德国人，比利的应答颇为世故，片子作为纪录片略显不足。但不管提问的是谁，比利就是比利。节目播出时间是午夜之后，通常这个时间我已入眠，但我还是决定收看，不管第二天早上的事了。这里只介绍一部分……

关于恩斯特：

"我第一次执导电影那天的前一天造访了刘别谦，说：'明天是我第一天当导演，很害怕，慌得很。'他说：'这已经是我执导的第70部作品了，我依然很害怕，慌得很。'"

关于电影公司：

"我要向制片人索得最多的资金。他们有他们的想法，企图用最少的钱来买我。每次谈判都是战争。"

比利·怀尔德对合作过的演员，如玛琳·黛德丽、玛丽莲·梦露、威廉·霍尔登、奥黛丽·赫本等的愉快评论一个接一个。其中，加里·库珀是比利给刘别谦当助理导演时起交往了30年的同龄人。比利对库珀的评价堪称杰作："加里·库珀出生在蒙大拿州（做一个不恰当的类比，类似日本人出生于岩手县的感觉），但却是一个稀世的气度高贵之人。他身着灰色西装和玫瑰色衬衫，打着领巾式宽领带，开着宾利敞篷车进摄影棚的时候，一眼望去就很美。在他的身上，一切都搭配得十分完美。”

话说到此，没问题。真的，真的，有种说法叫“身材美女”，但如果说他是“身材美男”，我这个彻头彻尾的库珀迷是会赞同的。不过，比利的话到这里还没有说完。

“所有女人都喜欢他，秘密并不是因为他会说话，说话的内容让女人着迷，而是他懂得倾听。

“我可以肯定地说，他在倾听女人说话的时候并没有全神贯注。但他的视线始终不离开喋喋不休的女人，而且时不时用下面三句中的一句插话。

“‘怎么会这样！’

“‘真的吗？’

“‘这我可是第一次听说啊！’

“就在他用这样的套路让女人吐露心声的过程中，女人便自然而然地与他同床共眠了。”

听到这里，女人都会苦笑。被比利·怀尔德取笑的不是加里·库珀，而是我们女人。我明白为什么看上去不怎么像知识分子的库珀会俘获那么多女人了，也包括他那感觉甚好的妻子。因为对付自信的女人、好强的女人、自认为能干的女人，最有效的武器莫过于倾听。毕竟，这些女人认为自己说话本身就是价值。

话虽如此，如果听了“怎么会这样！”“真的吗？”“这我可是第一次听说啊！”之类的话就会被俘获，女人也够傻的。而平素喋喋不休的我，就是这种傻女人的典型。

我不知道《走出非洲》（*Out of Africa*）的日语译名怎么就变成了《爱与忧伤的尽头》，但确有这样一部电影，导演是西德尼·波拉克。很难认定这是不是一部了不起的杰作，但该片却获得了包括最佳影片、最佳导演在内的7项奥斯卡金像奖。其主演是罗伯特·雷德福，还有梅丽尔·斯特里普。影片讲述的是一个丹麦女人去非洲奋斗的爱情故事。她经营种植园，与色鬼丈夫博弈，还要恋爱，很辛苦。她有个情人叫丹尼斯，是个冒险家，由罗伯特·雷德福扮演。他什么险都敢冒，就是不愿意涉足婚姻这种冒险。

这部作品是根据在欧美非常著名的丹麦女作家伊萨克·迪纳森的小说改编拍摄的。这部小说一看便知是女作家创作的，因为她塑造的男性形象，不管是丈夫还是情人，都是女人眼中的男人。尤其女主人公迷恋的丹尼斯，就是一个深受女性喜爱的男人典型。

首先是身材美男。罗伯特·雷德福个子不高，但身材匀称。他在电影《天生好手》最后一个镜头里，打出全垒打后绕场一周的姿势很美。

而且，他还懂得倾听女人诉说。女人不厌其烦地用童话手法讲述自己的回忆，他会专心倾听，直到天空泛出鱼肚白。离去时，还会送她钢笔。胜负立见。看电影时女人们肯定会觉得，这支钢笔她一辈子都会攥在手里。

其实，他还赠送了指南针，女主人公十分珍惜。丹尼斯说为了不让她在非洲大草原上迷路，把自己的指南针送给了她。但在最后一幕中，女主人公离开非洲回欧洲时，把指南针送给了忠实的非洲仆人。大概是因为在欧洲不需要指南针。但她一定会永远珍藏那支钢笔。后来，她成了一个小说家。

她之所以会成为小说家，是因为她离开非洲回到了欧洲。她之所以离开非洲，是因为她经营种植园失败，加上刚向她求婚的丹尼斯驾驶小飞机时坠机身亡，给了她沉重的打击。

男人终于决定冒婚姻之险了，却在求婚后旋即成为不归之人，这真是令人发嚎的禾林[1]式的人设。我认为这就

1　禾林出版公司（Harlequin Enterprises Limited）总部位于加拿大多伦多，成立于1949年，以出版面向女性的爱情小说而闻名于世，成为爱情小说的代名词。现在其业务又向面向男性的悬疑小说以及历史小说领域扩展。

是女作家的作品，感到滑稽。但女人的梦想就是这种东西。能嫁给好男人的案例毕竟太少。面对这种现实，不让即将结婚的对象突然死去，那才会成为真正的禾林。

我就这样玩无聊想象正起劲儿时，我那最近已长成大人、可以调侃母亲的儿子说话了：“妈妈，你抗不住脸上有竖皱纹的男人，但你拿你最喜欢的另一个有竖皱纹的男人怎么办呢？他，尤利乌斯·恺撒。我觉得，比起善听，他更善讲。如果对象是他，我这了不起的妈妈也会说不出话吧？”

问题变得复杂了：女人最终是不会仅仅满足于善于倾听的。

八月的鲸鱼

我回国在东京期间，看了《八月的鲸鱼》。如此忠实原作片名的日语译名，实属难得。可是，跟我一起去看电影的伴儿没找好。都能一起去看电影了，我和他性情是合得来的，超越了作家与编辑的关系。但不管怎么说，他才30岁出头，而这部作品是64岁的导演林赛・安德森录用91岁的丽莲・吉许和79岁的贝蒂・戴维斯拍摄的。要跟我一起欣赏这部影片，他太过年轻了。

他是个多愁善感的人。《八月的鲸鱼》究竟是象征了逝去的青春，还是意味着一直等待的一场不知会不会出现的梦，这些东西我想他已经感受到了。还有，优秀的艺术作品细节很扎实。现在花多少钱都买不到的、造型讲究的手工编织床罩；领口打着蝴蝶结的白色连衣裙；随性使用蕾丝和薄纱，只能在泛黄的老照片中才看到的白色衣服、白色袜子、白色鞋子……那是一个时代。这些细节，我想他毫无障碍地体味到了。

直到电影结束，泪水一直在我脸颊流淌。但那不是对这些逝去的青春的怀念。为什么？因为那是我母亲那一代人的青春。我的青春是摇滚时代，虽然跟 20 世纪初的美不在一个档次上，但却充满了活力。这个时代，蓬松的发型，宽松的裙子，明显是仿制的华丽首饰已经取代蕾丝、薄纱和造型精致的珠宝。在 20 世纪 50 年代和 20 世纪 60 年代度过青春岁月的那一代人只能用《美国风情画》（*American Graffiti*）的方式回顾过去，就是因为缺乏美。

直到今天我都不知道自己为什么会流那么多泪。邻座的年轻编辑似乎中途注意到了，第一次看到他心目中冷静犀利的作家流泪，很是惊讶，于是整个下午对我的应对一直很不自然。我则很后悔，至少应该跟一个同龄人或年龄比他稍大的男性朋友一起看这部电影。

《八月的鲸鱼》是一部全方位描述“老”的作品。它没有试图美化，也没有试图用刻板的现实主义方式来丑化。它只是客观描述。这是一部起用不以年老为耻，作为一个人已经有所成就的演员来描述老人的影片,所以才有尊严。我有时会想，我之所以流泪，不就是因为这样的品格嘛。饰演姐妹之一的丽莲·吉许就代表了这种品格。影片之所以在描述衰老的同时能使观众振作起来，哪怕附加了其不再年轻的条件，就是因为让观众认识到了保持品格地老去是做得到的。

回到意大利后，我又看了一遍这部影片。这次我是和儿子一起看的。他才十七八，根本不到30岁。可能因为当时我没有大淌眼泪，他也没有为奇怪的事情分心，看完了全片。他说：“影片很好，节奏很慢。”毕竟前不久他刚刚和我一起看过把林赛·安德森一举捧成世界级导演的杰作《如果》的录像。

作为一个爱操心的母亲，我相信父母不要多想儿子的承受能力如何，就应该把一切都教给孩子。于是，我本该在这时说上一句的，但还是多唠叨了几句。

“任何电影都有契合作品与主题的节奏。《七武士》那样的节奏就很适合。以西伯利亚荒原为真正主人公的《德尔苏·乌扎拉》，舒缓的慢节奏就很适合。不仅适合，不用这样的节奏就描绘不出西伯利亚大荒原。描述青春叛逆的《如果》和描述老人夏日生活的《八月的鲸鱼》，虽是一个导演，节奏却有改变，这是理所当然的哦。”

其实，我儿子也就能理解到这个程度。这就可以了。随着年龄的增长，人能感悟的东西总是越多越好。我有时会想，年轻人的感受性，不过是精神懈怠的成年人假装投降的标志。敏锐深邃的感受性是上天赐予的只属于成年人的礼物，不是吗？

八月——夏季中的一个月，通常认为是属于年轻人的。把老人的故事搬上八月的舞台，也是一种卓见。

袒胸露背的女人，充斥着摩托艇的轰鸣和随身听的海滨，都是夏天的海景。丽莲·吉许和贝蒂·戴维斯姐妹每年都会在海边家中度夏，但是青春却不进她们的家门。来的女友们、木匠邻居马兰诺夫先生全是老人，仿佛轻轻推一下肩膀，他们就会掉进海里。

即便如此，这里依旧是夏日的海边。凉风习习，气候温润，空气清新，海天一色。不知道为什么，海面上传来了钟声。最重要的是，连年轻时见到过的鲸鱼，说不定都要回来了。即使观众不是老人，有所期盼也能充实人们的心灵。《八月的鲸鱼》就是一部充实观者心灵的电影作品。

影片中，扮演老姐妹莉贝和萨拉的是昔日大明星贝蒂·戴维斯和丽莲·吉许，还有因扮演吸血鬼而闻名的文森特·普莱斯等昔日好莱坞巨星出演。托了录像带的福，老电影儿子都知道，唯独丽莲·吉许必须向他解释一下。这些演员分别饰演几位迎来人生黄昏的老人，节奏很舒缓，宛若迎合他们的步调。

萨拉眼睛不好，内心焦虑，但对莉贝不怀好意的话语进行了漂亮的反驳，那态度令人愉快。姐妹之间不必客气，但对别人需要客气，那些话是不会说的。这就把影片从单纯的感伤中拯救了出来。饰演萨拉的丽莲·吉许已经91岁，但看上去却不像。她的言谈比她的肉体完美。我在电视里看到，她应邀参加了戛纳电影节，言谈举止就两个字：得体。估计她是在几年后离世的。她自己的人生也一定过得有格调。人演不了纯粹的虚构，也写不出纯粹的虚构。

我觉得，年龄增长是一个逐渐看清自己能做什么的过程。二十来岁，什么都能做。到了三十来岁，要决定做什么。这就叫三十而立。到了四十来岁、五十来岁，就会看得越来越清楚。换句话说，就是能做的事情越来越有限。都说四十不惑，五十知天命，这些不过是“知”自身可能性的极限而已。“知”后再去实现。

那么，实现完了之后呢？

人生不仅仅是由大事构成的。我也有许多想做却因为没有心情和时间而没做的事，比如酿制美味的米糠酱，用高精度天文望远镜观看星辰，等等。在八月里等待鲸鱼，也是一回事。

影像的极限

“原来，盐野七生作品的根就是好莱坞大片啊！”

有一次站着闲谈时，柳田邦男先生对我说。起因是我向他坦白了自己对地中海文明的仰慕是从读荷马的作品开始的，但这个说法一半是假的，实际上我是看了电影《木马屠城记》才知道荷马的。看了那部电影，我立刻通读了荷马所有作品的英文译本，甚至异想天开，想读原著，以至于一介高中生就萌生了挑战古希腊语的想法。我与那部影片的“邂逅”主导了我的一生。柳田先生的语气多带讥笑，但他，我就原谅了吧。柳田邦男是和立花隆并驾齐驱的日本非虚构文学先驱，我很敬佩他。先驱总是伟大的。

话题聊回历史电影。好莱坞拍摄的历史大片我是要看的。我想了解的不是历史遗迹。历史遗迹可以亲眼去看。我想了解的是历史遗迹复原后的状态。有的电影作品考证很周详，很多都有助于撰写历史。

复原遗迹的方法有制作模型的传统做法，近年来计算机制图也很常用。但即使是 IBM 制造的东西，在软件方面也是极弱的。这就是现状。我觉得，好莱坞（曾经的好莱坞）投入巨资拍摄的电影，只要你观看时关注考证的准确性，就会发现软件、硬件都要强很多。

不过，要说所有著名的历史人物和事件都可以拍成电影，那倒未必。有些现象或人物容易拍成电影，而有些却很难，两者有区别。而且，即使是同一个人物，拍电影时也有易拍的部分和难拍的部分。

比如，尤利乌斯·恺撒。这个人物也只是因他与埃及艳后克娄巴特拉的情爱和布鲁图斯等人对他的暗杀享受到了被拍成电影的荣光。还有一个例子，那就是莎士比亚写的作品容易搬上戏剧舞台，同样也容易拍成电影。

可是，单凭这些我们是把握不住恺撒整体形象的。我认为，要想展现这个人物真正伟大的一面，即政治和军事方面的天才，电影（还有戏剧）并不是合适的手段。之所以不合适，并非因为他的事迹不受大众欢迎，而是因为要传达非说理表达不能使人理解的内容，写文章是一种尤为出色的手段。

照这个理来说，虽说是历史英雄，也并不是谁都能当电影主人公的。尤其是像汉尼拔、西庇阿这样找不出跟女人有任何瓜葛的英雄，以前几乎从来没有被拍成过电影，尽管他们一个率数万军队及几十头战象越过了阿尔卑斯山，另一个战胜了历史上最伟大的战术家汉尼拔，赢了扎马战役。因为他们二人的才华非说理表达不能使人理解。

话虽这么说，他们还是当过电影作品主人公的。当然，我迫于需要撰写他们的故事看过。先说《汉尼拔》，这部影片感觉上是50年代好莱坞电影的典型，扮演汉尼拔的居然是维克多・迈彻。

汉尼拔以发蜡厚腻的大背头形象出场时，我看得目瞪口呆。但我对他率军队及战象翻越阿尔卑斯山的情景重现很感兴趣，所以坚持看了下去。然而看到最后，得到的深切感受仅仅是历史大片也有B级！这与NHK大河剧中的这种镜头没有太大区别。就在翻越阿尔卑斯山进攻意大利的第二年，我想他是得了沙眼，一只眼睛失明了。从此以后，维克多·迈彻就变成了戴着摩西·达扬[1]式黑眼罩的形象，又让我失笑不已。没准儿眼罩这玩意儿，两千年来一点变化都没有。

尽管如此，大背头形象的汉尼拔我忍了，继续看了下去，因为我非常关心好莱坞是如何表现战争史上以少胜多的著名战例坎尼战役的。然而，史实又被彻底背离了。战斗场面不适合画面表现。每个士兵的战斗情形可以描绘，但整个战场的“场面”动态却无法描绘。在罗德·斯泰格尔饰演拿破仑的那部影片中,滑铁卢的场面也是这种情况。

为什么会这样呢？我认为，这是因为这类电影的制片人、导演和编剧都站在断定战争即恶立场上了。一旦采取这种立场，作战士兵的痛苦、惨不忍睹的无谓死亡、幸存下来却很无助的绝望，自然就成为描述的主体。于是，一个竭尽全力施展战术、再平和的男人，一旦投入战场就会不可思议地迸发出战斗精神，这些都进入不了视野。然而，一旦这些进入视野，战争就会瞬间变得有趣起来（至少是意味深长）。

1　摩西·达扬（Moshe Dayan，1915—1981），以色列国防部长，政治家。1941 年在与法军作战中被子弹击中望远镜，碎片致其左眼失明，从此左眼戴上黑色的眼罩，被称为“独眼将军”。

然而，也有愚蠢的战争。这种战争无法描绘美好。但我仍感好奇，为什么这些愚蠢的战争会长时间持续。我会想，是不是战争会让双方都有利可图？

只要维克多·迈彻主演的《汉尼拔》不给这种想象留出空间，就无法让人看下去。因为汉尼拔是不可能用当代的人性精神去理解的。我想，其遭到电影这种最当代的表现手法的冷遇，也是这个原因。

对抗汉尼拔的古罗马英雄西庇阿，也属于难以用电影表现的人物。他打败了汉尼拔，在各方面才能出众。所有这一切，正如古代史学家所评价的那样，都可以“沿着打赢战争的方向，用完美的逻辑结局”充分发挥出来。这种事情非说理表达不能让人理解。在元老院演讲和鼓舞士兵士气的场面可以拍成电影。但是，他思考如何才能战胜名将汉尼拔时的大脑，却是无法拍摄成画面的。在这里，文字的表现力可能更胜一筹。在 20 世纪 30 年代，意大利曾把西庇阿搬上银幕，片名叫作《征服非洲的西庇阿》（*Scipione L'Africano*），*Scipione L'Africano* 是拉丁语，*Scipio Africanus* 是意大利语。这部电影我也看过。尽管西庇阿是位堂堂大英雄，但在意大利当时的体制下，不管是右派还是左派，都只能生产出呆板无聊的艺术作品。这部影片完全没有表现出他真正了不起的地方，是一部无聊的作品。

战后，又一次被搬上银幕。这次由马塞洛·马斯楚安尼饰演西庇阿，维托里奥·加斯曼饰演他的对手小加图，片名叫《阿非利加西庇阿》（*Scipione detto anche L' Africano*）。解释一下，意思是西庇阿因征服迦太基而被称为阿非利加西庇阿。如片名所暗示的那样，这是一个30多岁就已达到人生巅峰的男人20年后的悲喜剧。影片成色非常好，但日本没有引进。这种影片没有一定知识的人是欣赏不了的。而且古罗马历史在日本还没有被普及成一般教养，所以有人断定，这部影片在日本很难得到欣赏。

画面具有强大的力量，能在瞬间传达千言万语都写不出的事物。但画面也有一个缺点，除非事物真实存在，人眼可见，否则便无法拍摄下来。而写作，则可以描绘不存在的事物。

心中的感受可以通过肢体动作表达出来。因此，优秀的演员和优秀的剧本都有存在的理由。可是大脑里面呢……

接受书籍的人不如电影那么多，这是当然的。毕竟作家发挥超凡的力量之处，正是大众不太感兴趣的思维描写。

没人懂我

但凡是人，谁都有权利让别人承认自己的存在。没人懂我我也要干的那种坚强意志，在献身神职的人身上都找不到。他们之所以干，是因为相信人类不懂我但上帝懂我。

那么，当人们觉得没人懂自己的时候又会怎样呢？他们会变得过激。激进往往是孤立感的产物。一个因孤立感而过激的人，就算可能得到别人的同情，但却无法得到尊重。

有的时候，虽然有孤立感，但却不会变得过激。但这是选择躲进自己壳中的懒惰的结果，也只会招致他人的鄙夷。

不论是对自己还是对他人，没人懂我的想法都是最没有生产性、最危险的。前者的例子是西尔维斯特·史泰龙主演并担任编剧的电影《第一滴血》。我看的是三部曲中的第一部，我佩服史泰龙在这部作品中的着眼点。借用《PIA 电影俱乐部》杂志介绍一下故事梗概。

曾经活跃在越南的美国陆军特种兵兰博复员后，在一个小镇被警察当成了可疑人员，遭到了侮辱。他雷霆震怒，与数百名警官展开了殊死搏斗，最终被劝降。这是一部充分表现战斗者的孤独与浪漫的大红大紫的动作片。

也许知识界影迷很鄙视西尔维斯特·史泰龙的作品，《PIA 电影俱乐部》对它的评价并不高，但我觉得这是一部拍得很好的影片。如果把战斗者的孤独看作没人懂的男人的孤独，这就是一部情节也很有说服力的作品。至少我十分同情越战退伍士兵，尽管他们在美国青年中数量也很少。我不会对他们抱有敬意，因为我不喜欢无绝对必要时的过激。

曾几何时，我在罗马西班牙广场台阶顶端的哈斯勒酒店餐厅吃午餐，科林·鲍威尔就坐在我旁边的餐桌。他身着一套美国参谋长联席会议主席的制服。我一看，同桌的所有军官也都穿着军装。由此推测，他们好像是北约各国的高级军官，陆海空三军俱全，海军则身着纯白夏装。国防部长阿斯平第二天到了罗马，所以他们访问罗马应该是公务。不过，当天的餐桌上还有两三位夫人同席，在哈斯勒酒店边用餐边眺望罗马，这顿饭肯定不是纯粹的公务。

我天生就喜欢看热闹，就一边吃饭一边观察。科林·鲍威尔似乎是一个完美的人。至少看上去，他是一个做梦都不会去想“没人懂我”的人。同时，我想起了一位从日本防卫厅奉调到驻罗马大使馆工作的外交官的话。他说调到罗马工作的事情一定，他就不得不做了10套西服。我以为在国外工作与在日本不同，可以不必约束地穿着制服冠冕堂皇地出现在公务场合。看来我的想法肤浅了。

那么，被“没人懂我”的孤独感折磨到最后，达到的第二种结果是把自己关在壳里，既不想多事，也不想多嘴。那又会怎样呢？

有一次，我有机会与日本政府的中坚精英层进行对话。席间，我有言在先，说自己是一个作家，是站在作家的外行的立场讲话的。然后，我说了这样一段话：“充实社会资本和扩大内需才是日本摆脱衰退的良药，这一点大家都赞成。但是否可以考虑，不要把实施这两条的范围局限在日本国内，而把整个东南亚地区都纳入视野来考虑充实社会资本、扩大内需呢？也就是模仿一下古罗马人对其盟国和行省的做法。”

我得到的答案是，国家如此行事，势必刺激到东南亚各国。

我无法苟同，便直截了当地说：“这不就是在掩饰我们日本人的懒惰吗？我们日本人打心底里不想去做那么多的麻烦事，而且担心被误解为‘心怀不轨’。这种敷衍塞责持续了几十年，以至于这种说辞成了理所当然。”

也许是我自己的学习成绩并不理想，所以才不会无条件地相信那些在校期间成绩很好、在以后所有考试中任何科目也都能考得很好的人的想法。

首先，我认可记忆力要好。但记忆力要在毫不怀疑的情况下才能发挥得更有效率。分析能力、归纳能力优秀的人肯定也会在考试中有优势。

但是，至于对想象力、思维转换能力乃至预测能力的考查，在注重口试的欧美学校做得也不充分。因此，虽然在学校成绩好的人是秀才，但也仅此而已。

我从来没能享受过学业优秀的成果，所以养成了思考的习惯。我认为，决定国家和民族的未来，与学业不是一回事；如果等同对待，就会贻害国民。

还有一点。不是秀才的人看秀才时会产生一种忧虑，那就是他们对人的洞察力低下。日本有一条格言，叫作“一寸虫五分魂”[1]。一个人天资再差，只要他感到自己得到了理解，就会回归正道，能力就能发挥出来。正如妻子因为丈夫的一个温暖眼神，就不会堕落成厨房酗酒者；学生因为班主任的一句话，就能改掉逃学的毛病。

在历史人物中我尤其喜爱顶级人物，并不是因为我偏爱名人，也不是因为我是个势利眼，非伟人英雄不可尊敬，而是因为我深刻理解，一旦成为顶级人物，哪怕是“一寸虫”，都有“五分魂”。我在他们身上看到了有血有肉的人，看到了对人性的真正善待。我认为，很多人愿意追随真正善待人性的人物，这也是理所当然的结果。

对人性的洞察力就是对人性的善待，同时也是直视人性的能力。罗伊将军是意大利派驻索马里部队的司令官，他敢于反对美国和联合国的做法，甚至险些被联合国秘书长撤掉。出于政治原因，他在返任后的记者招待会上“无可奉告”几乎不离嘴。尽管如此，他还是说了下面这句话：“我是一个天生的乐观主义者。因为我认为，人的愚蠢总

1　意为“匹夫不可夺志”。

有限度。”

我一下子就迷上了他。他所说的人指的是索马里人，同时也指美国人和那些偏离了联合国的联合国工作人员。我儿子是个意大利人，他说很久以来第一次为自己是一个意大利人而感到自豪。

■ 生—死—生

“追悼”一词，按照词典的说法，是追忆逝者并感到悲痛。若果如此，这个词对一周前（1993 年深秋）刚刚去世的意大利电影导演费里尼不适用。说追忆逝者尚可，但说悲痛并不合适。对他这样完美度过 73 年人生的人来说，电影结尾的“Fine”（剧终）一词更为贴切。

费德里科·费里尼作为电影导演的独特性，我在前面谈他获得奥斯卡金像奖终身成就奖时已经讲过,这里打住。在日本，我想一定也有许多电影人和评论家对这方面发表了很多评论，所以，不再需要我这个外行置喙了。只是当时这个旷世艺术家逝世的新闻占据了报纸和电视的头条，而我正在意大利。

谁都有一死，所以古希腊的哲学家们，尤其是苏格拉底，把如何过好有生之年当成了最重要的主题。因为我们所能做的不是对必至的死亡说三道四，而是如何活好死亡前的一生。这才是现实的。

他在五十多年的“实干”生涯中，创作了许多剧本，导了23部电影作品。令人惊讶的是，没有一部烂片。虽有几部片子票房不尽如人意,但没有一部无可救药的烂片。尽管有的片子没有得到评论家的好评，但电影也和其他艺术作品一样，电影评论家和知识界的评价未必就能说到点子上。而且，一旦获得奥斯卡金像奖了，他们马上就会摇身一变，成为作品的赞美者。

这个全世界最著名的意大利人的家,我只造访过一次。他家根本称不上豪宅，也不是中产阶级偏好的那种。如果说房子本身的价值，也就是中档。没有古色古香的家具喧宾夺主，也没有足够空间邀请众多客人开派对，只是一所可供居住、读书、思考、写作的房子。我觉得房子还没有大到需要居家仆人的程度。倒是那些在他导演的电影中出演的演员和制片人，个个都拥有自己的豪宅。

费里尼不但是意大利电影界的，也是世界的。如果他想购买豪宅，肯定有银行给他贷款。他没有这样做，大概是对通过房地产这种形式积攒财富不感兴趣。如果只是为了居住、读书、思考、写作，身边有个仆人只能是一种打搅。能够做到干活不打搅主人，在20世纪末已然不存在了。尽管如此，现在已经变成没有几个仆人，豪宅就不能称作豪宅，购买豪宅也就失去了意义。这跟自己驾驶劳斯莱斯就失去了坐劳斯莱斯兜风的意义是一样的。

可见他不是一个富人。我了解达・芬奇和米开朗琪罗的生活情况，所以觉得这是天经地义的。

费德里科・费里尼的葬礼是由最近失分不断的意大利政府抢着主办的。遗体从医院运到了罗马影城奇尼奇塔，在里面的5号馆接受人们的最后告别。他的所有影片几乎都是在5号馆拍摄的。在这个号称欧洲最大的摄影棚中，曾在费里尼手下参与过众多影片制作的布景师、灯光师亲手为他搭建了最后的舞台。我也考虑去参加来着，但看了午间电视新闻后放弃了。

大屏幕上映出蓝天白云，这没问题。可是，棺椁安放在屏幕前搭建的有好几级台阶高的高台上，棺盖是盖着的。而且，安放在高台上的棺椁离列队通过进行告别的人群遥远。棺椁两侧肃立着身穿礼服的兵，似乎标志着这是一场国葬。要是费里尼看到这一幕，恐怕当场就会创作出一幅讽刺画。想到这里，我不禁涌出一股笑意。

据说埃塞德拉喷泉附近的教堂是米开朗琪罗利用古代浴场的遗迹建造起来的。费里尼的告别仪式就在这里举行。但我已经没有心情再看告别式了。在这样的地方，在国家最高领导人一字排开、天主教会大主教司祭的地方，我敬爱的费里尼真的死了。随后，费里尼的遗体被运往家乡里米尼下葬。他的墓，我恐怕也不会再去了。

达·芬奇留下的语录中有这样一句："充实的一天过后会有畅快的安睡，充实的一生过后会有安然的长眠。"

我确信，费里尼迎来的就是这样的死亡。留给能够得到这种幸运的人唯一的事情便是等到死期。撇开73岁的死亡是早是晚不说，他等到了死期。

电影导演的工作就像驾驭一辆四马之车。演员、剧本、布景、服装、灯光、摄影等，这一切都是一匹匹的马。其各自的素质再好，作品成色都取决于导演的御马术，这就跟站在马车上驾驭好几匹马是一样的。这需要体力。如果体力衰弱，再好的骏马他都会无力驱使。费里尼晚年的作品中，隐约透出了这种危险。

费里尼是一个幸福的人。因为死期之后，"生"乃存焉。电影导演马丁·斯科塞斯说过："费里尼没有死，他活在他的作品里。"

与普通人相比，住房中等但却为创作传世作品而耗费一生的人，在这一点上是欢欣的。对能得此幸运的人使用跟不能得此欢欣的人们同样的"追悼"一词，这不公平。

我等凡人应该向他的天才表示敬意，羡慕他完美的一生，并为他的死亡来得恰逢其时感到欣慰。

我 19 岁的儿子，作为意大利普通人，发出了这样的感叹："费里尼这个人，完美地描绘出了意大利人的真实，创造出来的作品让我们意大利人不为自己是个意大利人而感到羞耻。"

这不仅在电影界，在所有创作领域，都是一个很难实现的课题。

单纯爽快的英雄们

大多数人明明心里都喜欢赢，嘴上却不公开说。这种风气是从什么时候开始占了上风的呢？我认为，之所以体育受到喜爱，就是因为在竞技的世界里，没有人会为渴望胜利而感到羞耻，而且可以公然讴歌胜利。

有些人认为电影不是不可以反映当代社会的焦虑，但他们厌恶为了反映焦虑就把电影的主人公们在精神上、肉体上变成丑恶。我劝这些人去看看体育选手的录像。

第一，他们是纯粹的赢家。第二，他们懂得，要把一切集中到赢这个目的上来，打牢各方面的基础格外不可或缺。最后一个理由，一句话，因为美。做无用动作会被对手击败，动作势必不能拖泥带水。单看这一点就很美。

可能是我爱好历史的缘故，与其对进行过程中的事物沾沾自喜，不如对已告一段落的事物进行分析乐趣更大。所以这里要写的三位都已经退役。“恶汉”巴克利及坏孩子军团——底特律活塞队都很有意思。但没有正面角色的出色表演，反面角色就不存在了。首先请优秀的正面角色出场吧。

埃尔文·约翰逊

通过新闻得知他感染了艾滋病病毒的那个时期，我还不是一个体育迷，并不知道他的存在。我知道他，是在巴塞罗那奥运会的时候。后来我看了三盘他过去比赛的录像带和一盘他的特集，这才明白了他染上艾滋病病毒对于美国人不啻沉重打击的意义，也理解了“魔术师”这个绰号的真正含义。

他是篮球界的“贝利”。我以前看过一场贝利巅峰时期的比赛，我理解了，原来所谓神技就是这样的。动作委实自然，拥有压倒性的力量。“魔术师”约翰逊的动作也是如此，我唯有感叹。

这个绝对强者不是美男子，却长着讨人喜欢的脸。看着他的笑容，听着他顽强有力的誓言，不禁让人感到美国不愧是一个了不起的国家。我不希望他因患艾滋病死去。

每一位与他接触的人都被这样“传染”到了吧。洛杉矶湖人队之所以能够成为美国篮球界的霸主，我想，也是因为全队球员都传染上了他的“魔术”。而且，他的“魔术”玩儿得明快而充满自信，极具美国风格。

据他的一位队友说，有一次输掉比赛后，约翰逊在全队面前这样说道：“我明天带你们去应许之地[1]。”他简直就是摩西，第二天果然赢了，真让人开心。领袖必须这样。

拉里・伯德

虽同为领袖，我觉得拉里・伯德就有所不同。

刚开始看他的特集录像时，我对他并没有太深的印象。也许是因为比起“魔术师”约翰逊和迈克尔・乔丹，他的比赛风格更接近我所理解的篮球。但看完两盘收录他全部比赛的录像带后，这个看法变了。果然，要想彻底地了解一个人，最好的办法就是看他在“战场”上的表现，靠访谈和评论是了解不了的。

“魔术师”约翰逊开朗乐观，很适合洛杉矶。与此相

---

1 《圣经・旧约》记载，上帝与亚伯拉罕立约，应许其后裔拥有流奶与蜜之地。后摩西和约书亚带领以色列人出埃及，进入应许之地迦南（今巴勒斯坦、叙利亚和黎巴嫩沿海地区）。后世西方人用“应许之地”泛指自由、幸福的乐土。

仿，拉里·伯德沉着、顽强的意志及强烈的责任感适合他所属球队凯尔特人的主场波士顿。20 世纪 80 年代的美国篮球界由“魔术师”约翰逊和拉里·伯德平分天下，难怪连哈佛和麻省理工的教授们也对他们十分追捧。

我曾在一部影片中看到一个镜头，一位哈佛教授家的墙上挂着一件 33 号球衣，我不禁莞尔而笑。33 号正是拉里·伯德在波士顿凯尔特人球队时的球衣号码。而且他是白人。与大有满场黑人之观的田径场相比，白人出色地活跃在球场上，这也是美国篮球界令人开心之处，尽管在人数上他们也许还处于劣势。竞赛就是要让所有要素都竞赛起来才有意义。

“魔术师”约翰逊是这种领袖：只要他像摩西那样带头冲锋陷阵，队友们就会着魔般地紧跟其后，夺取胜利。而拉里·伯德正相反，人们会觉得他是通过与全队球员共同前进来提高他们能力的那种领袖。比赛中他的传球非常精彩，自己从不霸占球，比赛风格完美公平，理所当然受到队友的爱戴。结果就是自己的球队也打赢球。听说波士顿市民把一条街道命名为拉里·伯德大街。

迈克尔·乔丹

若要用一个字评价此人的动作，那就是一个“美”字。他是本文所写三位中最帅的。不仅帅，他比赛的动作也美，而且激动人心，仿佛年轻的亚历山大大帝的战斗形象展现在眼前一般。

在电视上观看“恶汉”巴克利所在的菲尼克斯太阳队与迈克尔·乔丹带领的芝加哥公牛队的决赛，让我在篮球上开了窍。所以，大凡有人问我喜欢谁，我的回答只有一个：迈克尔·乔丹。只有对他，我至今都做不到冷静分析，只能叹服。

与擅长远投的拉里·伯德、擅长传球的“魔术师”约翰逊相比，迈克尔·乔丹更喜欢突破篮下。

即使对对手，“魔术师”约翰逊也会给予公正温暖的评价。拉里·伯德则是绅士做派，若他所在的队赢了，绝对不把输球的原因说成是对方球队不好。相比之下，迈克尔·乔丹说话却毫不留情：“只要我拿到球，敌人瞬间就会变成我的猎物。”搞得我好似看到了年轻气盛的汉尼拔一样。如果这是在唱独角戏当然不妥，但芝加哥公牛队三度夺冠，谁还能说什么？！只论胜负的世界，爽快！

远观这三人我发现，他们有一个共同点，那就是对赢球的执着到了骇人的程度。如果认为他们是职业球员，为的是金钱，那就无法与他们分享胜者的喜悦。夺取胜利是一件美妙的事情。因其美妙，才愿意为获得它而付出辛劳。他们三人训练都比其他任何人多，思考如何才能变得更强，所以才克服了艰难和屈辱。有人曾经说过：“天才属于懂得吃苦的人。”

善用闲暇时光

只好一个人过圣诞节和新年的人，不光是没有男人的女人。就算有男人，这种假日一般都是太太优先，即便是情人也只能临时休假回家。再说，只好一个人过节的，男人也不在少数。听说欧洲金融市场一月二日开市，忙起来了，抽不出时间回日本。讲真的，熟人朋友请客都该客气推辞，因为这些假期本身家庭色彩就很浓。

如果应邀去做客，我就得彻底变成一个圣诞老人。就是说，我需要为对方的妻子、孩子，加上团聚的其他家庭成员准备好适当的礼物。如果不这么做，我就会变成基督教慈爱精神施舍的对象，尤难躲开率真孩子们充满疑惑的眼神。他们会想，爸爸怎么又带回家一个奇怪的“黄皮”？别忘了，祝贺耶稣基督诞生的圣诞节，向来都被认为是一个通过向不幸的可怜人施舍基督式爱心的绝好机会。

出于这种原因，不得不一个人度过一年中最重要的、节日密集的 12 月底至 1 月初的人出乎意料之多。于是，如何度过这段时间就成了重要的问题。而要解决这个问题，光靠一条建议是不够的。因为即使同样是一个人过节，原因也会千差万别。我整理了一下，大致有以下三种类型。

第一种是单身而不得不一个人过节的青年男女。

一日，熟人的女儿带着两个朋友来访我家，我请这些人吃了晚饭。熟人的女儿身材很好，穿着颇有品位，言谈举止也都合格，就是少了点趣味。她说没有读过我的作品，这不打紧，但连村上春树、吉本芭娜娜、林真理子的作品也没读过，女性杂志都是泛泛浏览，也不去电影院，电视也只看流行剧。她就这样混到了奔三，真叫人绝望。这不是教养的问题，而是长到这么大好奇心却根本没有发挥过功能，这样还张嘴就说找不到有魅力的男人，我也是无语了。

也许有人会说，一同来访的年轻男人工作稳定，应该强些。其实一点儿都不“强”。这是企图用“雄心勃勃的生活方式没有意思”来掩盖自己的无能无用。就算跟他们同龄，但如果是我，我会把胜利判给迈克尔·乔丹的野心——球到手的瞬间,单用眼神就能打败对方球队的后卫。

因此，青年男女与其哀叹孤身一人，不如趁年轻，彻底利用休假时间使自己变得更有魅力。借来大量录像带看个遍，也是一种办法。读书，那是一种习惯，刚开始会很辛苦，但只要忍得住这些辛苦，就会变得有趣起来。同样是斯蒂芬·金的作品，你若能搞懂他的电影和他的书籍有什么不同，你就是一位出色的评论家了。

第二种是工作时从早到晚接触人，休假时不想见人的成年男女。

一次与一个自称是我书迷的人一起用餐，发生了这样的事情。他说他阅读了我的全部作品。但他的读书方法怪异，说是睡觉前读书。所以每次出差都会在包里揣上一本带着到处跑，在宾馆上床入睡前翻上几页。

我忍不住微微地苦笑，问道：“这样能睡好吗？”他答道：“睡得很好。”直到现在我都没搞明白自己是该喜呢还是该悲。

尽管如此，我仍毫不犹豫地建议365天面对崭新现实的人，在法定节假日集中阅读我的作品，因为假期的意义就在于可以不做平常一直在做的事。再者，我写的不是“崭新的”现实。

之所以集中阅读有效果，是因为只有在休假时，才能在阅读过程中随时拿出地图、美术书做参考。这种方法也很适合阅读已经读过的作品。

我没有打算把书写得一遍读不懂，但的确写得读两遍能更懂。毕竟欧洲文艺复兴、古罗马文明，对日本人来说都是异域文明，学校教育阶段是没有基础积累的，所以没有概念。阅读这种作品，根本没有办法要求读者产生比阅读日本和东方的历史书更强的好奇心。不过有一点我敢说：我保证你参考地图读完我的作品后，一定能睡个好觉。

最后一种，我不知是好是坏，是那种认为完美的人闲暇时也要做本职工作，不愿意思考假期该做什么的男女。

光纤是什么？不妨让我学一学。究竟何为信息高速公路？如果耽误了完善由此带来新社会资本，又会怎么样？明确地说，也许会败给美国。但是由此引起的失败，是否仅使自己位居世界第二？还是第一只有一个，其他统统都是臣子呢？

可能有人会笑话：罗马史与光纤有什么关系？！然而，有关系！

我在《罗马人的故事》第10卷《条条大路通罗马》中写道：罗马大道网就是“基础设施”建设。没有一位认真的研究家为我们写这类比较。于是，我探索了infrastructure（基础设施）的词源，以免别人说我胡思乱想。把它拆分成infra和structure两个部分后我搞清楚了，两个词都能在拉丁语中找到；infra连发音都一样，只是structure的发音有所变化而已。两个词的意思都跟当代一模一样。有词，就是有思想。因为与很多人的想法相反，罗马大道不是由奴隶，而主要是由军团士兵们修筑的。正是因为认识到了必要性，他们才愿意自己去吃苦。我认为，罗马人是最早关注基础设施建设重要性的民族。

如今，把完善决定未来的新社会资本叫作信息高速公路也好，实际建设信息高速公路需要庞大资金和决断力也罢，无不与古代相类似。尤其是这些都取决于意志而非金钱这一点，让我想起了古代。富裕的迦太基人，完全没有完善社会资本的思想。

尽管很多人都会产生偏见，但是古罗马军队的“数量”真的并不特别庞大。其兵力几乎总是少于敌人。之所以罗马能够成为帝国，是因为其有效地使用了自己的力量。而社会资本的完善，正是为了更加有效使用自身力量而进行的前期投资，不是吗？

这一点美国已经觉醒，美国一家独大已经无法阻止。尽管我连文字处理机都还用不来，却正在学习光纤中度“闲暇”。

亲子对话

孩子的叛逆期，不是因为反对什么而叛逆，而是想叛逆就逆反，如此而已。哪怕知道父母的话有道理，但只要出自父母之口就要逆反。对这个时期的子女一旦应对有误，就会发生金属球棒事件[1]，一定要注意。

既然这样，那父母拼命讲道理行吗？不行。即使这样结果也是父母受累，效果存疑。跟别的家庭比，我家和孩子的对话算是多的。尽管如此，我那儿子有时也会说："妈妈，有部电影叫《盖普眼中的世界》，把录像带借来看看好吗？"有时还会加一句："讲的是强势母亲和儿子深受

1　指 1980 年 11 月发生于日本神奈川县川崎市的一起儿子杀害父母案。儿子两度高考落榜，精神压力巨大，在饮酒和偷用父亲信用卡购买唱片被发现，受到父母斥责后，用金属球棒殴杀了父母。

其苦的故事哦。”

哪怕没有发生金属球棒事件，亲子之间没有对话也是不行的，不，在儿子的教育上也要考虑到这一点，于是我想出了一条计策。条件只有一个，那就是父母不要掌握主导权。

1992 年巴塞罗那奥运会以来，儿子一直热衷于美国篮球。我关注到了这一点。而且在日本期间，他看 NHK 的卫星电视尝到了甜头，甚至买了日本文化出版公司发行的写真集带回意大利。其实他不太熟悉东京，也不知道在哪儿找到的这本书（我都不知道有这样的出版社）。我断定他是真球迷，于是承诺：只要是有关美国篮球的录像带，我都买给你。

于是他一口气买了 11 盘录像带，肯定是满世界找来的。录像带很便宜，总共才花费 2.2 万日元，都是 CBS、FOX 发售的。这 11 盘录像带罗列如下：

1. NBA Superstars

介绍参加巴塞罗那奥运会比赛的 10 个球员。

2. Larry Bird——A Basketball Legend

讲述球迷皆知的波士顿凯尔特人队传奇白人球员

的故事。

3. Magic Johnson——Always Showtime

讲述美国国民英雄“魔术师”约翰逊的成长之路。

4. Michael Jordan——Come Fly With Me

5. Michael Jordan——Playground

4 和 5 两盘录像带介绍大明星迈克尔·乔丹。

6. Learning To Fly

这盘录像带讲述了芝加哥公牛队自从有了迈克尔·乔丹这个领袖之后，从排名倒数第二的惨状到夺得 1990—1991 赛季总冠军，并成就第一个三连冠的全部轨迹。

7. Motor City Madness——NBA World Champion Detroit Pistons

8. Pure Pistons

7 和 8 两盘录像带记录了芝加哥公牛队三连胜之前获得二连胜的底特律活塞队，讲清了这支一个超级巨星都没有的球队能夺冠的原因。

9. Classic Confrontations

这盘录像带讲述的是有了好对手才能发挥好的美国篮球界明星们的故事。

10. Awesome Endings

这盘是专业球员的绝技集锦。

11. Champions——The NBA's Greatest Teams

这盘记录了美国篮球的历史。

仅仅提供资金不等于亲子对话的恢复。我还和儿子一起看了这些录像，而且经常会重看。

这样一来，不用我说教他也看懂了。比如，"魔术师"约翰逊为什么能够成为"魔术师"？小时候母亲让他买东西他都会拍着篮球去。

拉里·伯德刚进大学那会儿因大学队水平太高而感到自卑，受尽折磨，逃回家里，当了一年的街道清洁工。但当他看到母亲为了生计在餐馆当服务员后，下定决心重返直通职业之路的大学队。

说到迈克尔·乔丹，他高中时连续两年落选校队，刚当上职业球员马上又因伤当了几乎一个赛季的板凳队员。但他最终战胜了这些厄运，获得了超级巨星的地位。

这种录像定规是讲美谈佳话的，但这些靠虚构是支撑不起来的，是最可相信的故事。而且，体育是实力至上的世界。在这个世界里胜出的人的故事一定有不同寻常之处。

而且，这是一个没有胜利就没有故事的世界。

儿子还学到了，一支赢球的球队里，一定有堪比火车头的球员。人人平等不过是人性的幻想。这一点就是父母不说，孩子们也会理解。底特律活塞队一个超级巨星都没有，之所以能赢，是因为队员简直就像一只功能良好的活塞一样，抱团作战。然而，就是这支活塞队，也有一个块头虽小脑子出众的好球员托马斯发挥着火车头的作用。听着关于这个球员的采访，连我都为他叫好："他在哪个世界都活得下去。"

而迈克尔·乔丹以得分出名，但他是如何成为得分名手的，也值得思考。当他刚加盟芝加哥公牛队时，球队排名倒数第二，除他以外没有其他大牌球员。他指望不上队友的帮助，只能靠一己之力得分。当然，这种战术也有一个好处，可以利用对方防守中的漏洞。

很快，一些优秀球员陆续加入了芝加哥公牛队。如果在篮下的混战中不能进球，可以把球交给在外线等球的帕克森。这名擅长远投的白人球员定会投进三分球。"不要让乔丹单打独斗！"这虽然不是教练的原话，但其他四个人理解并付诸行动的时候，昔日倒数第二的球队便得以实现了夺冠。

这个队的教练也很棒。他穿背带裤的潇洒打扮固然好，他说的话更棒。芝加哥公牛队与“魔术师”约翰逊所属的洛杉矶湖人队在决赛中激烈奋战时，时钟显示，距离比赛结束只剩下 9 秒钟。教练要求暂停，对汗流浃背的队员说道：“还有 9 秒钟，时间足够了。”

凡人肯定会这么说：“只剩 9 秒钟，加油！”有儿女面临高考的家长，应该学着点儿，不要再呵斥孩子们“只剩 3 个月，加油”了。

这样的情形，不光孩子，大人也会感兴趣。我家饭桌上的话题都被篮球占了。不过不用担心。因为有了父母的引导，篮球的话题有充分的可能与人生问题、世界问题联系起来。

那是活塞队争夺总冠军的一场比赛。有一位球员的父亲病危，只要中场休息，他就会抱住电话机不放。看到这个镜头，我儿子说：“在父母临终时都会坚持工作的人，不光是妈妈呢。”

“这就是职业精神。”

一句建议足矣，再也不用担心发生金属球棒事件。让我们借助别人的力量，恢复亲子对话吧。

天才

意大利的观众很挑剔，付钱买了票也不一定会把电影看完。如果电影不好看，他们就会踏着嗵嗵的脚步声中途退场。无聊电影不用 3 天就会销声匿迹。相反，如果电影好看，就会长期上映，简直不用担心以后的档期。《莫扎特》（*Amadeus*）就在电影院上映长达半年之久。这还是在它横扫奥斯卡金像奖之前。

该片由米洛斯・福尔曼导演，改编自彼得・谢弗创作的同名舞台剧，电影剧本也是由原作者撰写的。影片讲述了同时代音乐家萨列里眼中的 35 岁英年早逝的莫扎特。

剧作家也好，历史学家也罢，在以文章为表现形式这一点上，我跟他们是一样的。依我看，彼得・谢弗对这部作品的灵感是从莫扎特的中间名 Amadeus 得来的。是的，我几乎可以确信这一点。

Amadeus 是拉丁语，通常不作中间名，意思是“上帝的宠儿”。莫扎特也不是一生下来就取了这个名字的，好像是他 10 岁左右的时候父亲起的。父亲给自己的儿子起了一个中间名，叫“上帝的宠儿”——天才。

我认为人有三种：天才、人才、庸才。影片《莫扎特》分别描绘了这三种人：莫扎特、萨列里和奥地利皇帝利奥波德二世。人可分三种，但绝对不是要轻蔑人才和庸才才这么说的，我只是说他们不一样而已。天才、人才、庸才的区别，并不是可以不努力的人、努力的人和不努力的人之间的区别。这三种人都必须努力。努力是基础。歌德说过：所谓天才，就是懂得努力的人。

我赞同原作者彼得·谢弗的区分标准。

天才——上帝的宠儿。

人才——没有上帝恩赐的才能，但懂得天才才能的人，因此，是不幸的人。

庸才——能理解人才的才能并予以尊重，却不懂天才的才能，因此，是幸福的人。

这种现象归根结底是发生在同一时间段——“生前”的现象，“死后”的评价另当别论。要说“死后”，人才、庸才都会变得理解天才，因而尊重、热爱天才。这是普遍现象。

影片《莫扎特》讲述了一个人才的悲剧，他没有天才才能，但却懂得天才才能。这是这部影片的独创之处。为什么呢？因为以往发生的悲剧全都是天才得不到庸才理解的悲剧。

影片把莫扎特塑造成了一个庸俗无耻的男人，连萨列里都诅咒上帝：怎么会宠爱这样的人？！莫扎特的祖国奥地利有个地方，我想多半是萨尔茨堡，好像禁映了这部电影，说绝对不能让孩子们看到故乡天才的这个形象。

完全不懂原作者意图的“庸才”们，真的是无时不有、无处不在。

我认为影片中最美的是下面这句话，是莫扎特对奥地利皇帝说的：“也许我庸俗，但我保证我的作品不庸俗。”

要表达创作者的自负之心，没有比这句话更妙的了。

一个人能这样说话，只此一项他就是个幸福的人了。什么死于贫穷啦被扔进公共墓地啦，所有这些已经不再是问题。对于一个能够让他人幸福的人来说，让他人幸福本身就是他自己的幸福，如果希望得到常人的幸福，那才对不住赐予他异于常人才华的上帝呢。

影片中的莫扎特，庸俗无耻却从容大度。他对萨列里也很大度，甚至连萨列里对自己的敌意都毫无察觉。天才之所以慷慨，是因为他相信自己受到上帝的宠爱。描述这样的人物非常难。我想，谢弗只能从质疑上帝对自己的宠爱、毫无自信的萨列里的角度描写莫扎特。

那么，天才永远都会充满自信、宽宏大量吗？也未必。如果自负放纵下去，那就不再是自负，而会转化成唯我独尊。搞创作的人都懂得，唯我独尊就是自掘坟墓。所以，真正的创作者，谁都会在有自负心的同时，有怀疑或曰恐惧。

搞创作的人绝对需要理解和赞美，原因也在于此。因为理解和赞美可以消除对自己作品成色的不安和恐惧。当然，在创作的过程中，怀疑、恐惧、担心会再次抬头，因而能够经常得到理解和赞美是最好不过的。即使得到了理解和赞美，真正的创作者也不会因此而变得唯我独尊。所以应该毫不吝啬地给予他们理解和赞美。

影片《莫扎特》中，我最喜欢的是这个场面：

莫扎特的病情恶化，余日无多，卧病在床，向萨列里口述《安魂曲》，进行口授作曲。萨列里暗藏坏心，企图把这部口述记录当成自己的作品发表。他没有天才的才能，却懂得天才的才能。于是，他记录着莫扎特的口述，早早地就理解了《安魂曲》的美妙，忍不住流露出感叹之情。面对萨列里，形同槁木的莫扎特的脸上浮现了一丝微笑，说道："谢谢你，你可真是个好心人。"

那一刻，莫扎特坚信，萨列里就是他最爱的人。他也许没有料到，自己死后会有众多庸才出来赞美他。不，这跟他是否料到已经没有关系，能得到眼前萨列里的赞美，他就很高兴了。而且他在如此高兴的时候说出的唯一话语，仅仅是前面那句，再无其他。我想，对天才，只有理解和赞美才像是他们需要的氧气。

那么，我们庸才面对"上帝的宠儿"，如何表现才好呢？

有句话叫作"仆人眼中无英雄"[1]。

我这样想：在只是凡人的仆人看来，不是凡人的英雄也只是凡人。如果我们从一个庸才的角度去看《莫扎特》，也认为莫扎特是一个微不足道的人，那么我们不仅无法懂

---

1 这是一句西谚，英文为"No man is a hero to his valet"，意为英雄的仆人在近距离只看到表象，而看不到英雄。

得影片的精彩，也无法从自己的微不足道中走出来。

我在读小林秀雄的作品时，看到里面介绍了歌德的话：“今天的历史学家都说，罗马英雄都是虚构的故事。也许是那样的。可就算那是真实的，说那样无聊的话又能怎样呢？倒不如完全相信这种伟大的虚构，我们也可以伟大起来。”

纵然我们成不了天才，也让我们变得“伟大”起来吧。

伟大的平凡

已经是30多年前的往事了。一天下午，大学的研究室里，趁不苟言笑的教授不在，女生们开始畅聊，话题是正在上映的《四海一家》。影片由威廉·惠勒执导，加里·库珀主演，讲述了美国南北战争时期一个开荒农民家庭的故事。可我这帮同学的注意力并没有集中在大导演惠勒和50多岁的库珀身上，而是集中在了刚刚出道的搭档演员安东尼·博金斯的身上。从我们当时的年龄看，这理所当然。我在场，也有人问我怎么看博金斯。

“我对那种小毛孩不感兴趣。我更喜欢演其父亲的库珀，有品位，幽默感十足，平衡感这一点也及格。”

女孩们听了我的回答目瞪口呆，说：“但是七生，他是个农民呀。”

"农民也没关系呀。我可以为这样的男人杀鸡拔鸡毛，做苹果派。"

我可爱的同学们并不是不可救药的唯身份论者，只是她们心目中的结婚对象几乎不言自明，要么是公司老板的儿子，要么是东京大学法律系学生；如果在庆应义塾大学上学就得是经济学专业，还有通过司法考试、外交官考试、高级公务员考试的那些人。这种姻缘不论是在轻井泽[1]结下的，还是相亲的结果，在她们生活的世界里不过是天经地义的事。不管安东尼·博金斯有多可爱，只要他是农民的儿子，做她们的对象就不合适。但他是儿子。因为他只是儿子，所以通过外交官考试的可能性尚存。然而，库珀已经是一个农民，所以她们根本不会考虑跟他谈恋爱。

后面是怎么聊下去的我记不得了，恐怕照例是以她们认为我"变态"结束的。不过，当时的思绪我还记得。我当时乐观极了，因为我认为自己选择结婚对象的范围比她们大得多，连农民都可以。

然而现在我却觉得，我的选择范围要比她们小很多。

不是每个人都能做公司老板的儿子，但考进一流大学

1　轻井泽位于日本长野县，是著名的避暑胜地，多有浪漫邂逅的爱情故事。

的一流专业，通过外交官、司法、公务员考试，大凡有点头脑懂得学习方法，很多男生都可能做到。然而，品位高雅的言谈举止、文静温润的幽默精神、待人接物时恰到好处的平衡感，这些素质都是无法通过考试衡量的。不能用考试衡量就意味着与努力和意志无关。有这些素质的人就有了；没有的人，哪怕当上事务次官[1]、驻外大使也不会有。少女时代，我对男人的要求就比我的同学们苛刻得多。

尽管如此我那时依然乐观。我的要求也许有点苛刻，但并没有要求对方大学毕业，所以我很自傲，认为不管怎么说人数应该很多。其实，后来我的男朋友们都是成色近乎完美的凡人。近来，许是大家都上了年纪，怀起旧来，有几个以前的男朋友造访了我。尽管当时我会苦笑，但每逢这种时候，我都会用一种甜蜜蜜的感觉回忆过去，觉得如果年轻时我老实安分一点，现在应该是大学教授的夫人、商社高管的夫人或官僚精英的夫人。如果不是我追求库珀扮成农民都会透出的那种绝世优雅，完美的平凡并非不会以这种状态存在。

1　事务次官为日本政府行政机关官职之一，位在各省厅大臣、副大臣、大臣政务官特别职之下，是一般公务员中的最高级别。

为什么这种状态被打乱了呢？

少女时代我曾决定，在高中期间拿到富布赖特奖学金去美国体验一年，大学考进东京大学，将来当一个外交官。直到今天，说起我青春时代的音乐，那必是乡村音乐；问起美国我最想去的地方，我必回答纳什维尔[1]。这都是当时的后遗症。然而，这一切在我读完一本书后彻底改变了。我变得对美国不屑一顾，对欧洲也只对地中海周边感兴趣，学习的对象也从英语变成了希腊语和拉丁语。最后，东京大学落第，外交官当不成了，但还剩下一条当外交官夫人的路。可是我偏说给我当丈夫的人必须常驻地中海周边国家，于是这条路又完了，化作了一场梦。我与成色上好的凡人，只能距离越来越远。

对这个梦的最后一击，是我极其偶然地开始了历史故事的写作。

最近，我与即将步入青年的儿子之间有这样一段对话：

"妈妈最喜欢的加里・库珀和尤利乌斯・恺撒二人有很多共同点。他们身材瘦高，面带竖纹，腰板笔直，举止优雅，言谈幽默，丝毫没有狂热信仰之处，都是妈妈喜欢

1　纳什维尔是美国田纳西州的首府，是美国乡村音乐的发源地。

的类型。可是，二人本质上不一样哦。如果说库珀是伟大的平凡，那恺撒就是伟大的非凡。

“假定这二人都向妈妈求婚了。库珀诚实，他的求婚意味着立即结婚，会保证妈妈一生过上平静幸福的生活。可是恺撒，出于政治原因才会结婚，又是有名的花花公子。我看，就算他像对待克娄巴特拉那样对待妈妈，妈妈跟他之间也最多维持两个月。

“那么，妈妈，你怎么办呢？二人中选谁呢？是选安逸平静地过一生，还是选充满刺激的两个月呢？”

儿子的话听得我喷饭了。不过，世上有些真实只能用玩笑来表现。虽然我嘴上说“好难选啊”，心里的答案却很清楚。

“哪怕两个月，我也选恺撒！”

这些日子一到下午，我就会穿上运动鞋，一身勇武打扮上街去逛罗马城。目的不是慢跑，而是为了手拿地图漫步在当代的罗马，脑海里再现古罗马的街景。有一次遇到了一对日本老夫妇。他们也是轻装，就二人，悠然徜徉在美术馆和罗马遗迹里，不似日本年轻男女，提着一堆购物袋，丁零当啷像棵圣诞树。挺好的。他们向我打听去金宫的路。

我望着老夫妇沿着我告诉他们的路渐行渐远的背影，心里充满了一种无法比拟的羡慕之情。自己难道还没有享到这样的福分就要告别人世吗？想到这里，我一阵悲哀，恍若珍贵宝物遗失了一般。

旁人看来，也许我的视线没有离开远去的老夫妇，一直跟着他们，其实我只是须臾之间目光没能离开他们。我的眼前发生了突变：老夫妇、其他游客、当代罗马人，消失不见了，取而代之的是两千多年前的人，他们穿着白色托加袍和五颜六色的丘尼卡,在会堂和神殿的台阶上穿梭。

所谓“知天命”，没有想象中了得，不过是“知不可能”而已。

附录

电影译名对照表

中文片名	日文片名	西文片名
A		
爱情无计（1933，美国）	生活の設計	*Design for Living*
安娜・卡列尼娜（1935，美国）	ｱﾝﾅ・ｶﾙﾆﾅ	*Anna Karenina*
奥赛罗（1951）	ｵﾃﾛ	*Othello*
阿非利加西庇阿（1971，意大利）	ｱﾌﾘｶﾇｽと呼ばれたｽｵｷﾋﾟ	*Scipione detto anche l'Africano*
B		
巴比龙 / 恶魔岛 / 逃离恶魔岛（1973，法国—美国）	ﾊﾟﾋﾟﾖﾝ	*Papillon*
巴顿将军（1970，美国）	ﾊﾟｯﾄﾝ大戦車軍団	*Patton*
八月的鲸鱼（1987，美国）	八月の鯨	*The Whales of August*
八月狂想曲（1991，日本）	八月の狂詩曲	
伴我同行 / 站在我这边（1986，美国）	ｽﾀﾝﾄﾞ・ﾊﾞｲ・ﾐｰ	*Stand by Me*
保镖（1992，美国）	ﾎﾞﾃﾞｲｶﾞｰﾄﾞ	*BodyGuard*
豹（1963，意大利）	山猫 Il	*Gattopardo*
蝙蝠侠（1989，美国）	ﾊﾞｯﾄﾏﾝ	*Batman*
北京 55 日（1963，美国）	北京の 55 日	*55 Days at Peking*
贝弗利山庄警探 / 妙探出差（1984，美国）	ﾋﾞﾊﾞﾘｰﾋﾙｽﾞ・ｺｯﾌﾟ	*Beverly Hills Cop*
毕业生（1967，美国）	卒業	*The Graduate*

C

茶花女（1937，美国）	椿姫	*Camille*
城市英雄 / 怒火风暴 / 坠落（1993，美国）	ﾌｫｰﾘﾝｸﾞ・ﾀﾞｳﾝ	*Falling Down*
赤足天使（1954，美国）	裸足の伯爵夫人	*The Barefoot Contessa*
出租车司机（1976，美国）	ﾀｸｼｰﾄﾞﾗｲﾊﾞｰ	*Taxi Driver*
雌雄大盗（1967，美国）	俺たちに明日はない	*Bonnie and Clyde*

D

达拉斯猛龙 / 北达拉斯（1979，美国）	ﾉｰｽ・ﾀﾞﾗｽ 40	*North Dallas 40*
大白鲨（1975，美国）	ｼﾞｮｰｽﾞ	*Jaws*
大鼻子情圣 / 西哈诺・德・贝热拉克 （1990，法国—匈牙利）	ｼﾗﾉ・ﾄﾞ・ﾍﾞﾙｼﾞｭﾗｯｸ	*Cyrano de Bergerac*
大饭店（1932，美国）	ｸﾞﾗﾝﾄﾞ・ﾎﾃﾙ	*Grand Hotel*
当哈利遇到莎莉 / 男欢女爱（1989，美国）	恋人たちの予感	*When Harry met Sally*
稻草狗（1971，美国）	わらの犬	*Straw Dogs*
第一滴血 / 兰博（1982，美国）	ﾗﾝﾎﾞｰ	*First Blood/Rambo*
地中海（1991，意大利）	地中海 / ｴｰｹﾞ海の天使	*Mediterraneo*
德尔苏・乌扎拉（1975，苏联）	ﾃﾞﾙｽ・ｳｻﾞｰﾗ	*DersuUzala*
杜斯先生（1983，美国）	ﾄｯﾂｲｰ	*Tootsie*

夺命判官 / 罗伊・比恩法官的生平 （1972，美国）	ﾛｲ・ﾋﾞｰﾝ	*The Life and Times of Judge Roy Bean*

F

反攻美国 / 愤怒战士（1987，美国）	ﾀﾞﾌﾞﾙﾎﾞｰﾀﾞｰ	*Extreme Prejudice*
飞越疯人院 / 飞越喜鹊巢 / 飞越杜鹃窝（1975，美国）	ｶｯｺｰの巣の上で	*One Flew Over the Cuckoo's Nest*
费城故事（1940，美国）	ﾌｨﾗﾃﾞﾙﾌｨｱ物語	*Philadelphia*
费里尼的罗马 / 罗马风情画（1972，意大利）	ﾌｪﾘｰﾆのﾛｰﾏ	*Roma*
愤怒的公牛 / 蛮牛 / 狂牛（1980，美国）	ﾚｲｼﾞﾝｸﾞ・ﾌﾞﾙ	*Raging Bull*
疯狂的麦克斯（1979，澳大利亚）	ﾏｯﾄﾞﾏｯｸｽ	*Mad Max*
风尘双侠（1945，美国）	ｻﾗﾄｶﾞ本線	*Saratoga Trunk*
风流女伯爵（1959，美国）	裸のﾏﾔ	*The Naked Maja*
风月俏佳人 / 漂亮女人 / 麻雀变凤凰（1990，美国）	ﾌﾟﾘﾃｨ・ｳｰﾏﾝ	*Pretty Woman*

G

盖普眼中的世界（1982，美国）	ｶﾞｰﾌﾟの世界	*The World According to Garp*

格瑞斯・奎格里 / 奎吉莉（1984，美国）[1]	キャサリン・クイックリーの最後の回答	*Grace Quigley/The Ultimate Solution of Grace Quigley*
关于玛琳的二三事（1986，美国）	マレーネ	*Marlene*

H

哈姆雷特（1948，英国）	ハムレット	*Hamlet*
哈姆雷特（1964，苏联）	ハムレット	*Hamlet*
哈姆雷特（1990，美国）	ハムレット	*Hamlet*
海滨 / 在海滩上（1959，美国）	渚にて	*On the Beach*
汉尼拔（1959，美国）	ハンニバル	*Hannibal*
好莱坞女郎（1947，美国）	ハリウッド・アルバム	*Variety Girl*
红尘（1953，美国）	モガンボ	*Mogambo*
虎胆龙威 / 终极警探（1988，美国）	ダイ・ハード	*Die Hard*
华尔街（1987，美国）	ウオール街	*Wall Street*
黄昏之恋（1957，美国）	昼下りの情事	*Love in the Afternoon*
黄金时代 / 我们生活的美好时代（1946，美国）	我等の生涯の最良の年	*The Best Years of our Lives*

1　本片英文原片名为 *Grace Quigley/The Ultimate Solution of Grace Quigley*，未在日本公映。在日本销售的 CD 影碟名为グレース・クイックリーの究極の解決。疑作者混淆了主演凯瑟琳・赫本的名字与影片中主人公的名字格瑞斯。

魂断梅耶林 / 梦断情天（1969，美国）	うたかたの恋	*Mayerling*

J

嘉宝对话 / 我爱嘉宝（1984，美国）	ガルボ・トーク，夢のつづきは夢……	*Garbo Talks*
加里波利（1981，澳大利亚）	誓い	*Gallipoli*
家族生意（1989，美国）	ファミリービジネス	*Family Business*
教父（1972，美国）	ゴッドファーザー	*The Godfather*
教父 II（1974，美国）	ゴッドファーザー *PART II*	*Godfather: Part II*
教会 / 战火浮生（1986，美国）	ミッション	*The Mission*

K

卡门（2003，美国）[1]	カルメン	*Carmen*
卡萨布兰卡 / 北非谍影（1942，美国）	カサブランカ	*Casablanca*
恺撒大帝（1953，美国）	ジュリアス・シーザー	*Julius Caesar*
克莱默夫妇（1979，美国）	クレイマー・クレイマー	*Kramer vs. Kramer*
控方证人（1957，美国）	情婦	*Witness for the Prosecution*

1 原书将该片上映时间误为 1954 年。根据书中内容，电影应为 2003 年西班牙、英国和意大利联合摄制的影片，导演为文森特・阿兰达（Vicente Aranda）。而 1954 年摄制的影片片名为 *Carmen Jones*，其内容也与书中所述不符。

L

蓝天使（1930，德国）	嘆きの天使	*Der Blaue Engel*
狼人部队（1978，美国）	ﾄﾞｯｸﾞ・ｿﾙｼﾞｬｰ	*Dog Soldier*
老人与海（1958，美国）	老人と海	*The Old Man and the Sea*
猎爱的人 / 肉欲知识 /（1971，美国）	愛の狩人	*Carnal Knowledge*
猎鹿人（1978，美国）	ﾃﾞｲｱ・ﾊﾝﾀｰ	*The Deer Hunter*
绿林豪侠（1945，美国）	無宿者	*Along Came Jones*
龙凤配 / 萨比里娜（1954，美国）	麗しのｻﾌﾞﾘﾅ	*Sabrina*
乱世佳人（1939，美国）	風と共に去りぬ	*One with the Wind*
乱世忠魂 / 从这里到永恒（1953，美国）	地上より永遠に	*From Here to Eternity*
罗马假日（1953，美国）	ﾛｰﾏの休日	*Roman Holiday*
罗密欧与朱丽叶（1968，意大利—英国）	ﾛﾐｵとｼﾞｭﾘｴｯﾄ	*Romeo and Juliet*
洛奇（1976，美国）	ﾛｯｷｰ	*Rocky*

M

玫瑰战争 / 罗斯夫妇的战争（1989，美国）	ﾛｰｽﾞ家の戦争	*The War of the Roses*
美国风情画（1973，美国）	ｱﾒﾘｶﾝ・ｸﾞﾗﾌｲﾃｲ	*American Graffiti*
美国往事（1984，美国）	ﾜﾝｽ・ｱﾎﾟﾝ・ｱ・ﾀｲﾑ・ｲﾝ・ｱﾒﾘｶ	*Once Upon a Time in America*

美国舞男（1980，美国）	アメリカン・ジゴロ	*American Gigolo*
明年此时（1978，美国）		*Same Time, Next Year*
摩洛哥（1930，美国）	モロッコ	*Morocco*
魔女玛塔（1932，美国）	マタ・ハリ	*Mata Hari*
莫扎特 / 上帝的宠儿（1984，美国）	アマデウス	*Amadeus*
母女情深（1983，美国）	愛と追憶の日々	*Terms of Endearment*
木马屠城记（1955，美国）	トロイのヘレン	*Helen of Troy*

N

妮诺契卡 / 妮诺奇嘉（1939，美国）	ニノチカ	*Ninotchka*
纽伦堡大审判（1961，美国）	ニュールンベルグ裁判	*Judgement at Nuremberg*
纽约故事 / 大都会传奇（1989，美国）	ニューヨーク・ストーリー	*New York Stories*

P

普利兹家族的荣誉（1985，美国）	女と男の名誉	*Prizzi's Honor*

Q

乞力马扎罗的雪（1952，美国）	キリマンジャロの雪	*The Snow of Kilimanjaro*
七武士 / 七剑客（1954，日本）	七人の侍	

R

热情似火（1959，美国）	お熱いのがお好き	*Some Like it Hot*
日落大道（1950，美国）	サンセット大通り	*Sunset Boulevard*
日瓦戈医生（1965，美国—意大利）	ドクタル・ジバゴ	*Doctor Zhivago*
肉体与魔鬼（1927，美国）	肉体と悪魔	*Flesh and the Devil*
如果（1969，英国）	IF もしも……	*If……*
瑞典女王 / 克里斯汀女皇（1933，美国）	クリステイーナ女王	*Queen Christina*

S

三个亡命徒 / 两大一小三俘虏（1988，美国）	3 人の逃亡者	*Three Fugitives*
闪灵（1980，美国）	シャイニング	*The Shining*
上班女郎 / 打工女郎 / 癫马女郎（1988，美国）	ワーキング・ガール	*Working Girl*
深深深（1977，美国）	ザ・デイープ	*The Deep*
生死恋 / 爱情多么美好（1955，美国）	慕情	*Love is a Many–Splendored Thing*
双面女人（1941，美国）	奥様は顔が二つ	*Two–Faced Woman*
斯巴达克斯（1960，美国）	スパルタカス	*Spartacus*
死亡诗社 / 暴雨骄阳 / 春风化雨（1989，美国）	いまを生きる	*Dead Poets Society*
四海一家（1956，美国）	友情ある説得	*Friendly Persuasion*

48 小时（1982，美国）	48 時間	*48 Hours*

T

太阳照样升起（1957，美国）	陽はまた昇る	*The Sun Also Rises*
唐人街（1974，美国）	ﾁｬｲﾅﾀｳﾝ	*Chinatown*
桃色公寓 / 公寓 / 公寓春光（1960，美国）	ｱﾊﾟｰﾄの鍵貸します	*The Apartment*
体热 / 焚身（1981，美国）	白いﾄﾞﾚｽの女	*Body Heat*
天生好手（1984，美国）	ﾅﾁｭﾗﾙ The	*Naural*
天堂的孩子（1945，法国）	天井桟敷の人々	*Les Enfants du Paradis*
天堂电影院（1988，意大利—法国）	ﾆｭｰ・ｼﾈﾏ・ﾊﾟﾗﾀﾞｲｽ	*Nuovo Cinema Paradiso / Cinema Paradiso*
甜蜜的生活（1960，意大利）	甘い生活	*La Dolce Vita*
铁血柔情（1956，美国）	ﾗﾌﾞ・ﾐｰ・ﾃﾝﾀﾞｰ	*Love Me Tender*

W

亡命之恋 / 铁窗外的春天（1984，美国）	燃えつきるまで	*Mrs.Soffel*
危急时刻 / 逃亡 / 必死的逃亡（1955，美国）	必死の逃亡者	*The Desperate Hours*
危情十日（1990，美国）	ﾐｻﾞﾘｰ	*Misery*
舞会的名册 / 舞会请帖（1937，法国）	舞踏会の手帖	*Un Carnet de Bal*

午夜狂奔（1988，美国）	ﾐｯﾄﾞﾅｲﾄ・ﾗﾝ	*Midnight Run*
午夜牛郎（1969，美国）	真夜中のｶｰﾎﾞｰｲ	*Midnight Cowboy*

X

西部人 / 草莽英雄（1940，美国）	西部の男	*Man of the West*
西区故事（1961，美国）	ウェｽﾄ・ｻｲﾄﾞ物語	*West Side Story*
夏日爵士（1959，美国）	真夏の夜のｼﾞｬｽﾞ	*Jazz on a Summer's Day*
夏日时光 / 艳阳天（1955，美国）	旅情	*Summertime*
逍遥骑士（1969，美国）	ｲｼﾞｰ・ﾗｲﾀﾞｰ	*Easy Rider*
小妇人（1933，美国）	若草物語	*Little Women*
小姑居处（1942，美国）	女性 NO.1	*Woman of the Year*
小人物 / 小巨人 / 小大人（1970，美国）	小さな巨人	*Little Big Man*
现代启示录 / 战争启示录 / 地狱的启示录（1979，美国）	地獄の黙示録	*Apocalypse Now*
心火（1987，美国）	黄昏に燃えて	*Firelight*
信是有缘 / 坠入情网（1984，美国）	恋におちて	*Falling in Love*
星球大战（1977，美国）	ｽﾀｰ・ｳｵｰｽﾞ	*Star Wars*
熊的故事 / 子熊故事（1988，法国）	子熊物語	*The Bear*
旭日东升 / 旭日追凶（1993，美国）	ﾗｲｼﾞﾝｸﾞ・ｻﾝ	*Rising Sun*

驯悍记（1967，美国—意大利）	じゃじゃ馬ならし	*The Taming of the Shrew/La Bisbetica Domata*

Y

炎热的夜晚（1967，美国）	夜の大捜査線	*In the Heatof the Night*
演出船 / 表演船 / 船（1951，美国）	ショウボート	*Show Boat*
窈窕淑女（1964，美国）	マイ・フェア・レディ	*My Fair Lady*
野战排（1986，美国）	プラトーン	*Platoon*
邮差总按两次铃 / 欲火焚身（1981，美国）	郵便配達は二度ベルを鳴らす	*The Postman Always Rings Twice*
雨人（1988，美国）	レインマン	*Rain Man*
源泉 / 欲潮 / 根源（1949，美国）	摩天楼	*The Fountainhead*
月色撩人 / 月满抱佳人（1987，美国）	月の輝く夜に	*Moonstruck*

Z

摘星梦难圆（1937，美国）	ステージ・ドア	*Stage Door*
战国妖姬 / 夏日的暴风雨 / 性感（1954，意大利）	夏の嵐	*Senso*

战火下（1983，美国）	アンダー・ファイア	*Under Fire*
征服非洲的西庇阿 / 女人与海 （20 世纪 30 年代，意大利）	シッピオーネ・アフリカーノ	*Scipione L'Africano*
正午 / 日当正中 / 龙城争霸战（1952，美国）	真昼の決闘	*High Noon*
致命武器（1987，美国）	リーサル・ウェポン	*Lethal Weapon*
走出非洲（1985，美国）	愛と哀しみの果て	*Out of Africa*